不敗の雑魚将軍

～ハズレスキルだと実家を追放されましたが、
「神解」スキルを使って帝国で
成り上がります。気づけば
帝国最強の大将軍として語られてました～

01

藤原みけ ｜画｜ 猫鍋蒼

CONTENTS

Mike Fujiwara Presents
Illustration by Ao Nekonabe

vol.01

fuhai no ZAKO shougun

1章　追放と始まり

Chapter. 01

fuhai no ZAKO shogun

「シビル、お前には今日限りでこの屋敷を出ていってもらう。二度とロックウッドの名を名乗ることは許さん！」

「お父様、どうしてですか⁉」

屋敷の執務室に呼ばれた俺は父レナードから告げられた突然の言葉に、なんとか言葉を返す。だが、父はそれを聞いてただ呆れた顔をして口を開いた。

「次男であるハイルが『剣聖』のスキルを得たことは知っておろう。当主の座はハイルに譲ってもらう。お前のような怪しいハズレスキルの長男など恥でしかない。今日中に我が領を、そしてこの国を出ていけ」

この世界では十五歳になると皆スキルを発現する。スキルとは人間が魔物達に対抗するために、神々が与える力のことだ。優秀なスキルを得るということは成功が約束されたようなものなので、皆スキルに一喜一憂することになる。

先日弟のハイルに『剣聖』スキルが発現したことは知っていたが、まさか発現後すぐ追い出されるとは思っていなかった。

俺のスキルは『神解《メーティス》』といい、世界でも類がない固有《ユニーク》スキルだった。

『神解』の能力は質問の答えが「イエス」か「ノー」で分かるというもの。

例えばギャンブルのコイントスでスキルを使うと、

『次のコインは表が出る？』

『イエス』

と答えが返ってくるため、どちらが出るか百パーセント分かる。ギャンブル界の王にも余裕でなれるだろう。

俺が現在行っている領地運営の事業においても同様だ。

『この事業は成功する？』

『ノー』

もしノーと言われたら止めるべきだろう。

『イエス』

もしイエスと言われたら、勿論事業計画を練った上でのことだが、実際に全て成功していた。

「確かに俺はハイルより弱いかもしれませんが、その分内政面において力を尽くしております！」

「黙れ！　金儲けに精を出す暇があれば、少しでも剣の鍛錬をしろ！　この臆病者が！」

ロックウッド子爵家は代々脳筋家系。腕っぷしだけでここまで成り上がってきたのだ。そのため長男の俺にも戦闘スキルが求められていた。

だが、結果はこの固有スキル。便利だがいかんせん一対一の戦闘では使うことも難しい。

その分俺は一五歳でスキルを発現してから三年間ずっと、ロックウッド家の繁栄のため身を粉にしてスキルを使い働き続けた。その成果もあって、我が領地は年々発展しており、三年で収入も四割以上増加していた。

今ではこの領地の運営は殆ど俺がやっている。それにもかかわらずこの言われようだ。どれだけ頑張っても俺が褒められたためしがない。言われることは、もっと鍛錬をしろ臆病者が、だ。

「分かりました。早々にここを発ちます」

兄弟で跡目争いをしていても仕方ないだろう。それに俺は正直戦いは苦手だ。未だに斬り合うのは怖いし、内政の方がよほど向いている。

「少しだけ支度金を渡しておく。二度と我が家の名を名乗るなよ」

「はい。分かっております」

父はゴミを見るような目で俺を見つめていた。泣きそうになるも涙を堪え席を立った。

自室に戻ると、今まで部下だったはずの兵士が扉を開き、床にアルテ銀貨一枚を投げ捨てる。

アルテ銀貨とは我がアルテミア王国で使われている通貨の一つだ。

「これが支度金だ」

「冗談だろう？　これじゃ、一週間すら生活できない」

アルテ銀貨一枚じゃ、一週間分の食事が精々だ。切りつめても十日だろう。

「レナード様のご厚意に背くつもりか。持って帰ってもいいのだぞ？」

「……分かった」

情けないがここで怒鳴っても何も変わらない。

「お前の私財は全て置いていけ、とのことだ。出る前に部屋の確認もするからな。じきに馬車が来る。

身支度を済ませろ」

そう言って、兵士は去っていった。今まで穏やかな関係を築けていたと思っていたが大きな勘違いだったらしい。

「本気で、死ねってことかね」

大きく肩を落としベッドに座っていると、うちの家宰であるセバスが丁寧なノックの後に現れる。

「シビル様、この度の決定誠に残念でなりません。私めも何度もレナード様にやめるよう進言いたしましたが、力及ばず……。大変申し訳ありません」

そう言って、セバスは深々と頭を下げる。もう六十を超え、俺が幼い頃からお世話になっている第二の父のような存在だ。

「いいんだ。どうせ他人の言うことなんて聞きもしないんだからな」

「なぜこのような暴挙に……。いまや領主運営の殆どはシビル様が行っております。急に抜けたら、大変なことになることなど分かりそうなものですが」

「誰でもできると父さんは思ってるんだろうな。あの事件以来俺のスキルを全く信用してないからな」

あの事件とは、スキルを発現した直後父から、

「ロックウッド家は勿論これからも繁栄するんだろう?」

と尋ねられ、メーティスに、

『ロックウッド家は繁栄する?』

と尋ねた。だが答えは、

『ノー』

だった。動揺した俺はそのまま、父に伝えてしまったが、それがいけなかった。

「そんな怪しい詐欺師のようなハズレスキル、二度と使うでないぞ！」

と目を血走らせながら怒鳴って席を立った。

あれ以来、父が俺の『神解』を当てにしたことは一度もない。

「あれはロックウッド家の家臣としては信じたくありませんが……」

「事実を告げればいい訳ではないものだ」

あれは失敗だった。

「シビル様、これを……。あの進言以降レナード様に目を付けられており、少しだけですが」

セバスから革袋を手渡される。中にはアルテ銀貨十枚が入っていた。

「すみません、もっと渡せればよかったのですが、大金を動かすとばれてしまいます。これは私がレナード家に奉公しに来る際、母から貰った銀貨です。これならばれないでしょう」

「そんな、大切な物だろう……」

「いえ、シビル様に使っていただきたいのです。どうかお元気で」

そう言って、セバスは俺を抱きしめる。肉親よりもよほど優しいセバスの気持ちに胸が詰まる。

「ありがとう、セバス！　大事に使わせてもらう」

セバスは最後まで俺の心配をしてくれた。

セバスと別れてすぐ、俺は屋敷の前に止まっている馬車に乗り込む。母も、誰も最後の挨拶にすら来なかった。母も戦わない俺に冷たかったが、どうやらよほど嫌われているらしい。

同行する兵士二人は俺の部屋の物がなくなっていないか確認した後、前の御者の位置に座ると馬車を走らせた。

こうして俺は貴族を、そして国を追放されることとなった。

既に馬車を走らせて三日が経った。あと一日ほどで国境だろう。俺が向かっているのはローデル帝国。俺が居たアルテミア王国よりもよほど大国である。

旅のお供である兵士二人は、俺を全く見やしない。大変暇だ。それに時折ひそひそ話をしているのも気になる。

『あの二人何か企んでる？』

とメーティスに冗談で尋ねる。

『イエス』

だが、返ってきたのは悲しい答えだ。

まじかよ。

『俺の命を狙っている？』

『イエス』

俺は馬車内で天井を仰ぎ、大きく息を吐く。

いったい誰が、って言っても限られてるんだけど。

『父の命令?』

『ノー』

違うのか。

『ハイルの命令?』

『イエス』

父でないと分かってから少し予想はしていたが、やはりはっきり言われると辛かった。実の弟から命を狙われているのだ。そこまでして次期当主の座が欲しいのか。仲が良い兄弟とはいかなかったが、ここまで嫌われていた事実に涙が出そうになった。

『今すぐ逃げるべき?』

『ノー』

『今日の夜?』

『イエス』

メーティスさんを信じよう。逃亡の決行は今日の夜だ。

夜、街道の宿で泊まることになった。道沿いにただ一軒ぽつんと立っており、周りには草木のみ。

俺はお供二人とは別の部屋だ。お供二人は隣の部屋に待機しているらしい。この先には魔物が生息する森がある。そこを抜けると、もうローデル帝国だ。

『もう逃げるべき?』

『イエス』

『北に向かうべき？』

『ノー』

北は森だから、そちらに逃げるつもりだったがどうやらそっち方向は良くないらしい。

『西？』

『イエス』

西側か。何もなかったように思うが、そうしよう。

俺は音を立てないように、静かに宿を出る。そして西に向かうため走るとすぐ、宿から二人が焦った顔で出てきた。とっさに俺は草木に隠れたがどうやらばれてはいないようだ。こっちに向かってこられたら終わりだ。

「おい、逃げられたぞ！　なんで感づかれたんだ⁉」

「知るかよ。あのよく分からんスキルのせいかもしれん。逃がしたらハイル様に何言われるか。おそらく森の方向に向かったはずだ。馬に乗って追いかけるぞ！」

二人は馬に乗り森に向かっていった。

「実はまだすぐ傍に居たんだな、これが」

立ち上がると、二人に会わないように静かに西に向かった。西に向かって三十分後、そろそろ森に向かっても良いのではと考える。道以外から森に入ればあいつらに会うこともないだろう。

『もう森に向かっても良い？』

『イエス』

許可も出たので月の光を頼りに、森へ向かった。

夜中に森に辿り着いた後も、夜通し森を歩く。あの後、追手二人に会うこともなかった。

『三十分以内に魔物がこの道に出る？』

『イエス』

『しばらく止まった方がいい？』

『イエス』

メーティスさんの指示に従い、身を隠す。魔物とエンカウントしたら負ける可能性は非常に高い。

なんとか慎重に進むしかない。既に百回以上尋ねている。

すると後ろから馬車の音が聞こえる。

まだ追ってきてたのか、あいつら！

『このまま隠れていて大丈夫？』

『イエス』

精一杯身を隠していると、後ろから現れたのは馬車に乗った商人だった。

『奴は危険？』

『ノー』

「関わるべき？」

『イエス』

どうやらただの商人なのだろう。腰を上げ、声をかける。

「こんにちは」

「こんにちは。こんなところで人と会うとは……。傭兵？　いや騎士様ですかな」

豊かな口髭を蓄え、小柄で丸々と太った商人が笑顔で言う。おそらく俺の服で判断したのだろう。

「そんなところです。貴方もローデル帝国に向かってらっしゃるのですか？」

「はい。ローデル帝国のデルクールに」

「ほう。私もデルクールに向かっているのですが、よければ一緒に向かいませんか？　これでも索敵には自信があるのです」

メーティスさんに頼ればいけるはず……。

「それは好都合ですな。良ければ是非。ですがそんなに護衛料も払えませんが大丈夫ですか？」

「それは大丈夫です。食事でも頂ければ十分です」

「助かります」

こうしてなんとか足を手に入れて、ローデル帝国へ向かう。

メーティスに細かく尋ねることで、魔物と一度も出会うことなく国境に辿り着いた。

「いやー、シビルさんの索敵能力は素晴らしいですね！　ここまで出会わないことは中々ないですよ！」

と商人が興奮がちに言う。

「いえいえ」

俺は戦えないからなあ。国境付近には検問をする兵士の姿があった。

「身分証は？」

「いや、今は持っていない」

身分証も持ってこれなかったのだ。

「なに……怪しいな」

それを聞いた兵士が眉を上げる。確かに怪しいよなあ。

「まあ、何かあったら別だが、このままじゃ通せないかもしれないなあ」

と俺の革袋をちらちら見る。なるほど、理解した。

「すみません。身分証ありました」

そう言って、銀貨を握らせる。それを見て、兵士はにっこりと笑う。

「確かに確認した。行くがいい」

賄賂を渡したら、あっさりと通してくれた。こんながばがばセキュリティでいいのか？

だが、そのおかげで国境を越えることができた。その後も馬車に乗り、数日後遂に俺はデルクールに辿り着く。

「おおー！」

俺はデルクールの城壁を見上げて声を上げる。デルクールは町全体が高さ四メートルほどの石造りの城壁で囲まれていた。これなら攻められても中々落ちないだろう。

「ここは国境付近の町ですからね。ですが、ここ五十年ほど攻められたことはないので、あまり意味はないようですが」

商人が笑いながら説明してくれる。

「ここまで護衛ありがとうございます、シビルさん。この町は中央の大鐘楼が観光名所なんですよ。良かったら是非一度見に行ってください」

「こちらこそありがとうございます。また縁があれば」

商人の男と握手を交わした後、別れの言葉を告げた。

「どうしようかね。やっぱり身分証が欲しいから、何処かのギルドに入るか。その前におすすめされた大鐘楼を見てみようかね」

この世界での身分証はギルドカードであることが多い。冒険者ギルドが一番気軽に入れるだろうから、一度寄ってみるか。

この町はどうやら中心から放射状に道が造られているようだ。ところどころにこの町を警備しているであろう兵士達が立っているが、どこかやる気が感じられない。

道を進むと大きく開けた広場に出た。

「すげえ」

素直に感嘆の言葉が出てしまった。中央には高さ数十メートルを超える石造りの巨大な大鐘楼があった。その上には銀色の巨大な鐘が堂々と輝いている。鐘の直径は二メートルを超えるだろう。名所になるのも頷ける美しさと迫力がある。

魅入っている俺を見たおっさんが声をかけてくる。

「あんた、この町は初めてだな。そういう奴はまず、あの大鐘に心を奪われる。あれは俺達の守り神なのさ。街の中心で俺達をいつも見守ってくれる。昼になるといつも鐘が鳴る。それは綺麗な、美しい音が響き渡るんだ」

確かに守り神と言われるのも分かる神聖さを感じる。

「立派な鐘ですね。是非その音色を聞いてみたい」

「もうすぐ鳴るさ。俺達は鐘の音で昼を判断するくらいだからな」

是非近くで聞きたいが、また聞く機会もあるだろう。おっさんから冒険者ギルドの場所を聞いて向かう。

中央通りを少し進んだ先の、大いに歴史を感じさせる建物に辿り着く。

中に入ると、武器を持った冒険者達がこちらをちらりと見る。だが、すぐに興味をなくしたのか、目線を戻した。

「最近は畑のビッグボア退治ばっかりだぜ」

「逆に赤鰐の依頼は減ってる気がするな」

「遂にオークを倒して、武器を新調したんだ！」

皆テーブルに座って酒を飲みながら世間話や、情報交換をしている。怖そうな者も多いが皆楽しそうだ。

絡まれる前に受付に向かおう。受付嬢は赤いバンダナを巻いた若い女の子だ。優しそうで雰囲気がほんわかとしている。

「冒険者登録を行いたいんですが、ここは初めてで知識がないんです。基本的なことを教えてくれませんか？」

「かしこまりました。ランクはSランクからGランクまでございます。初めはGランクからですね。お客様のスキルは戦闘用ですか？」

「残念ながら違います」

この世界では十五歳になると一人一つスキルが与えられる。自らのスキルを知るために教会の神官に鑑定してもらうのがどこの国でも恒例となっている。

勿論皆が戦闘系のスキルな訳もない。農業系スキルが四割。生産系スキルが二割。戦闘系スキルが二割。その他が二割といったところか。

剣士や、魔法系スキルを持つ者は軍に入ることも多い。

「……そうですか。ちなみにどれくらいの魔物を狩った経験がありますか？」

一瞬残念そうな顔をするな。気づいてるぞ。まあ実際弱いんだけど。

「ゴブリン程度なら倒したことは」

「なら、Gランク依頼で少しずつ実力を上げることをお勧めします」

「ちなみにこのギルドはどれくらいのランクの人が？」

「トップがCランクですね。Bランク魔物なんてここらへんではまずお目にかかることはないですから、そのレベルの冒険者はうちには居ません。Cランクあれば町の英雄になれますよ。一組しかこの町には居ません。Dランクなら町の上位です。何組かいます。Eランクが町を支えている中堅層という感じです。Eランクパーティの目安はオークを狩れる程度の強さですね」

なるほど、Eランクすら怪しいな。勝てる気しないもんあいつらに。俺には冒険者は無理かもしれん。身分証必要だから入るけど。

「分かりました。登録お願いします」

本当に分かってるのか、みたいな顔やめてください受付嬢さん。

「では登録金一銀貨になります」

意外に高いなあ、と思いながら銀貨を払う。既に銀貨は九枚になってしまった。このままじゃ本当に飢え死にだ。早急に稼ぐ方法を考えなければ。

身分証であるギルドカードを貰う。Gランクとはっきり書いてある。

しばらく別室で説明を受けた後、ギルドを出た。

ギルドを出た瞬間、美しい鐘の音が聞こえた。綺麗な音だ。全然この町のことは知らないが、これだけで好きになれそうだ。

「まずは金を稼がないとな。だが、稼ぐあてはあるんだなあ」

俺は口角が上がるのを抑えられなかった。俺の唯一にして最大の長所『神解』を活かし、商売で儲けるのだ！

町にある露天通りに向かう。そこには五十を超える露店が様々な商品を販売している。勿論商品は玉石混交だろう。だが、俺にはメーティスさんが居る。

ちらりと近くの露店を覗く。

『この露店で、売値の二倍以上価値のある物はある？』

『ノー』

どうやらこの露店は適正価格か、ぼったくってるらしい。

続いて隣の露店を覗く。

『この露店で、売値の二倍以上価値のある物はある？』

『ノー』

ここもかよ。同様に、どんどん露店の商品価値を確認していく。だが、中々掘り出し物は見つからない。

確認したところ、ガラクタばっかだな。

『この露店で、売値の二倍以上価値のある物はある？』

『イエス』

「遂に来たか！」

シビルは露店前で大声を上げる。それを聞いた露天商が怪しい者を見るような目を向ける。

「どうしたんだい兄ちゃん？」

「いや、すまない。気にしないでくれ」

話をしながら一つ一つ価値を確認する。

『この商品は売値の二倍以上価値がある？』

『ノー』

『この商品は売値の二倍以上価値がある？』

『イエス』
メーティスが価値を認めた物は、人の頭ほどある壺だった。青い花がいくつも描かれている。
うーん、綺麗だと思うが正直ただの壺にしか見えん……。
「兄ちゃん、お目が高いね。それはアルテミア王国で流行っている磁器さ。この青が綺麗だろう。二千G《ゴールド》まけて一万Gでいいぜ」
一瞬で値引きするな。これ売れ残ってただろう。アルテミア王国に今まで住んでたが、聞いたことがない。怪しすぎる。
貨幣価値だが主要なのは、
銅貨　百G
大銅貨　千G
銀貨　一万G
金貨　十万G
白金貨　百万G
である。俺の全財産は銀貨九枚、九万Gだ。ちなみに食事一回が五銅貨、五百Gほど。
『この壺の価値は五万G以上ある？』
『イエス』
まじか。とりあえず買おう。
「オヤジさん、じゃあこの壺を買おう」

「毎度あり！」

露天商のオヤジから壺を受け取る。中々でかい。

詳しくメーティスに尋ねると、七万Gほどの価値があるらしい。これを五万G以上で売って、儲けよう。意外と楽に稼げるかもしれないな。

勝手に露店を開くのは駄目だろうし、買取をしている店を探すしかないか。この壺をずっと持って過ごすのは不便すぎる。

通行人に買取商の場所を尋ねる。

聞いたところ裏路地にひっそりとあるようだ。細い裏道を通り、買取専門の商店に辿り着いた。

「すみません、買取お願いしたいのですがー」

「ん？　その壺売りてえのか」

店番として立っているのは、筋骨隆々のオヤジである。店より魔物退治の方がよほど向いていそうだ。筋肉の無駄遣いといえるだろう。少しだるそうな顔をされた。

「はい」

「見せてみろ」

オヤジはしばらく見た後、俺に値段を告げる。

「七千Gだな」

嘘だろ⁉　メーティスが間違うことはない。おそらくその価値を正確に判断できていないのだ。

「これは七万Gほどの価値はあるはずです。それは安すぎではないですか」

「あーん？　俺の目利きに文句つけるっていうのか？　何を根拠に言ってるんだ？」

それを聞かれると弱い。スキルで鑑定しました、と言ってもまず信じてもらえないだろう。

「こ、これはアルテミア王国で流行っている磁器、です。あちらでは売れています」

「アルテミア王国でこんなの流行ってるなんて、聞いたことねえぞ。とにかく、こちらの値段で納得できねえなら帰んな」

しっし、と手を動かされる。流石に七万Gの物を七千Gで売る気にもならず、おとなしく店を後にした。

その後ももう一店舗回ったが、殆ど変わらない値段を提示された。あちらも、こちらもこの壺について正確に理解していないのが問題だった。

「価値が正確に分かったとしても、それを説明できないと正確な価値で買ってもらえないんだなぁ。知識もないし、商品を売り込む技術もない。参ったな」

残ったのはおそらく価値がある壺だけである。早速俺のメーティス鑑定でぼろ儲け作戦がとん挫しようとしている。冒険者ギルドでも買取はしているだろうから、最悪そこの世話になろう。適正価格で売ることにこだわって大損する訳にいかない。

裏路地を歩き今後について考えていると、いつの間にか前後に怪しい男達に囲まれていることに気づく。

「よう兄ちゃん、あんたこの町初めてだろ。見たところまだ若いし、小さい騎士家系の次男坊あたりが家を追い出されたか？　町は危険だぜ？　なに命までは取りはしねえ。有り金を全部出しな。服もだ」

モヒカン頭の男が、剣を握りつつ笑う。どうやら前後に二人ずついるようだ。

残念ながら、長男なのに追い出されたんだよ。

『勝てる?』

『ノー』

うーん、無慈悲。金を払うべきか? だが、今なけなしの金を奪われたらそれこそ死んでしまう。

ここは逃げだ!

俺は後ろを向くと、全力で走り出す。

「坊ちゃんがよ!」

だが、後ろの奴等も弱くはなかったようで、あっさりと服を掴まれ引き倒された。

「痛てぇ!」

「馬鹿が、痛い目見てえらしいな!」

そう言って、四人がかりでぼこぼこにされる。しばらくして気が晴れたのか、ようやく四人の暴力が止む。

路地裏とはいえ、大通りを通る通行人が見える。皆俺と目が合うと、目を逸らして去ってしまう。

「少しは懲りただろ。よし、金を探せ。服も剥いでいいぞ。良い金になりそうだ」

俺の服は貴族用の服なので、価値も高い。

もう全てを諦めて目を閉じる。

「――何をやっているの、貴方達」

その綺麗な声は、大通りの喧騒や俺のうめき声が聞こえる路地裏に、鈴の音のように響き渡った。

路地の入口に、一人の少女が立っていた。

汚い路地裏には似つかわしくない美しい少女である。

腰まで届く美しい金髪がゆるく巻かれており、確かな知性を感じさせる赤い瞳をしていた。その整った面差しは、大人になる直前の可愛らしさと美しさが同居している。

身長は百六十センチ程度であり、その所作には気品が感じられる。白を基調とした服を纏《まと》い、腰にはレイピアを携えている。そして服の上からでも分かるほど胸元がふくらんでいた。

「これ以上の狼藉は見逃せないわ」

少女はそう言って、レイピアの先を男達に向ける。

「ぐっ！　騎士様か。しかもその服装は……」

男達の動きが止まる。だが、そのうちの一人が剣を構える。

「動かないで！　風弾《ヴイントパトローネ》！」

少女はレイピアを抜くと、突きを放つ。すると、その先端から風の弾丸が放たれ男の顔の横を通り過ぎ壁に命中する。そこには小さな丸い穴が空いていた。顔に当たっていたら、貫通していたであろう威力だ。

男達は互いに目配せをすると、頷く。

「ちっ、逃げるぞ！」

男達は四対一にも関《かか》わらず、一目散に逃げだした。どうやら、彼女の所属は有名らしい。

少女は先ほどの強い意志を感じさせる目を、優しい眼差しに変えてしゃがみ込んだ。

「お兄さん、大丈夫？」

「ありがとう、助かったよ」

体中未だに激痛が走っているが、なんとか立ち上がり礼を言う。

「良い服着てるから、貴族の人？」

「いや、貴族なんかじゃない。今は只の冒険者だ」

まあ冒険者は今日なったばっかりなんだけど。

「そうなの？　あまりいい服着てると狙われやすくもなるから気を付けてね」

そう言って、にっこりと笑う。弾けるような笑顔だ。この笑顔だけで、世界中の男達が恋に落ちるだろう。

「今日、体で学んだよ。シビルという」

「私はイヴ。今は、この町で警護をしているの」

「この町の騎士様か」

「……うん。そんな感じ！」

話していると、騎士というよりお嬢様にしか見えない。それほど、優しそうで、戦いより花の方が似合いそうだ。

「何かお礼を……」

「いいよいいよ！　騎士が町民を守るのは当然ですから。あ、そろそろ戻らないと！　さよならシビル」

そう言って、イヴは去っていった。

「悪いことばかりじゃないねえ」

そう言って、笑う。ちなみに、五秒後壺が割れている事実に気づき、涙を流すこととなる。

その夜節約のために最安の宿に泊まることにした。三千Gだったのだが……。

「こんなの寝床って言わねえよ……」

渡されたのは、薄い毛布のみ。ただ床に寝転がって、大量の男達と雑魚寝である。一部屋に十人以上いる。

床は痛いし、盗みも怖いので全く落ち着いて寝れなかった。夜中、突然の環境の変化に涙を流し鼻をすすっていたら、

「うるせえぞ、クソガキ！」

と隣に怒鳴られた。一刻も早くまともな生活に戻らなければ。俺はなけなしの財産を抱きしめて、冷たい床の上に寝転がっていた。

翌日、宿から出た後、今後について考える。

商人か、冒険者か、どちらかで考えるとやはりスキルを活かしやすい商人になる。日に日に減っていく金は中々の恐怖だ。なんとかして稼がなければ。今後何しようか、とか考えられる者は、余裕のある者だけだと今更気づく。

「とりあえず、露店に行くか」

俺は字の読み書きはできる。最悪、どこかの商人に弟子入りすることも考えよう。

朝は露店通りでも一番活気があるようで、先ほどから多くの人で賑わっていた。色々な場所で交渉が行われている。

「これはアルテミアの貴族が使っている食器だ。貴族御用達のクレミア工房で作られている。描かれている龍も見事だろう？」

「確かに綺麗ね」

目の前の露店でも今まさに交渉が行われていた。そのカップアンドソーサーを見つめていたのはまだ若い少女であった。

サファイアのような美しい青い髪が、肩にかからない程度のボブカットで整えられている。綺麗でとても大きい青色の瞳に、整った目鼻立ちをしていた。

身長は百四十センチほど。まだ十代前半に見え、その活力に満ちた目は活発な美少女と表現するに相応しいだろう。

少女はそのカップを見て、うんうん唸っている。

『このカップの来歴は本物？』

『ノー』

どうやらクレミア工房で生産されているものではないらしい。こんな露店で貴族御用達の商品を手に入れる方が難しいだろう。

「この商品、買お――」

「ちょっと待って。オヤジさん、これ本当にクレミア工房の品かい？」

突然割り込む俺に、ほんの少しだけ顔を歪めるオヤジ。

「なんだい。本物に決まってんだろ！　本当なら十万Gのとこ、五万Gにまけてるんだ」

「そうかい。服を見れば分かると思うが、俺は貴族だ。それもアルテミアのな。クレミア工房のことは知ってる。いつも使ってるからな。だが、この絵柄は見たことがない。誰の作だい？」

全てハッタリだ。クレミア工房なんてのも知らないし、正直食器の違いもそんな分からん。多少は良いのかどうか分かるくらいだ。だが、昨日の失敗で学んだことはある。商売ってのは、ハッタリが大事ということだ。

それを聞いたオヤジが目に見えて狼狽える。

「うっ、貴族さんがなんでこんなとこに……。うーん、誰の作か忘れちまったなあ」

明らかに目を逸らす。

「まあ、長いこと置いてたら忘れてしまうのも無理はない。だが、有名な絵付師ではないのは確かだな。お嬢さん、今回はやめておいたらどうだ？」

正直にこれは偽物と言うのも角が立つ。遠回しにやめるように勧める。

「そうね、ごめんね。オヤジさん」

俺の言いたいことを少女も理解したのだろう。購入を断念する。

「いや、いい。忘れちまった俺も悪いからな」

オヤジも気を遣われたことを気づいていたのか、素直に引いた。

少女を引き連れ、露店から離れる。

少女はある程度露店から距離を置くと、口を開く。

「助かったわ！　まさか偽物だったなんて！　まさか本物を知る貴族が偶然横に居るなんて、運が良かったわ」

こぼれるような笑顔で少女が礼を言う。

「すまん。貴族ってのはハッタリだ。あれが偽物なのは事実だがな」

「えっ!?　嘘なの!?　まんまと信じちゃったよ……。じゃあなんで偽物って分かったの？」

なんでも信じる正直な子である。

「いや、あれはスキルで知ったんだ。だから、俺に詳しい知識がある訳じゃない」

それを聞いて少女は、首を傾げる。確かにこの説明じゃさっぱりだろう。

「もしかして『鑑定』スキル持ち？」

「いや、違う」

俺は自分のスキルを少女に伝えるか悩んだ。信じない者も多いし、スキルは他人にべらべら喋るものではないからだ。

『スキルのことを話していい？』

『イエス』

メーティスさんがそう言うなら、大丈夫だろうと俺は『神解』について話し始める。

彼女はやはり正直者なのか俺の言う謎の固有スキル《ユニーク》についてもすぐに信じてくれた。

そして、聞き終わった後は大興奮で体を震わせている。

「素晴らしいスキルじゃない！　そんなスキルがあれば商売ではもの凄いアドバンテージよ！　私は目利きは苦手だけど、売り込むのは得意なの！　あなたの目利きと、私の販売力があれば、帝国一の商会になることも可能だわ！　私と手を組みましょう！」

彼女はキラキラした目で、手を伸ばす。俺は自分のスキルを全くの迷いもなく信じてくれる彼女を、少しだけ既に信頼していた。

彼女は信頼できる。メーティスに聞かずとも自分の勘が言っていた。

「よろしく頼む」

俺は彼女の手を取った。こうして、俺は彼女と手を組むことになった。

「自己紹介がまだだったわね。私の名はネオン。新人商人よ！　今までは販売しかしたことなかったから目利きが苦手なのよね。けど、その分販売力には期待して！」

ネオンはそう言って、ない胸を張る。完全に子供。というかいくつなんだろう。

「俺はシビル。今は……何なんだろう、冒険者もどき？」

自分で言ってても意味が分からない。貴族という肩書を失った俺は何なんだ？

「冒険者って、シビル戦えるの？」

怪しいものを見るような目を向ける。その疑問は正しい。

「いや、ゴブリンが精々だ」

「……冒険者はやめておきなさい。早死にしたくないならね」

「うぃっす」

コンビ組んだのはいいが、これからどうやって稼ぐんだろう？　やっぱり俺が目利きで商品を集めて、露店でも開くのだろうか。商人を名乗っているくらいだ、きっとネオンは露店を開く伝手《つて》くらいあるのだろう。

「どうやって稼ぐんだ？　露店でも開くのか？」

正直に尋ねてみる。

「ふふふ。よくぞ聞いてくれたわね！　シビルのスキルを活かして稼ぐ方法があるわ！」

「おおー」

実はネオンさん、優秀なのか。未だに露店で偽物を掴まされそうになったドジっ子イメージが拭えていないが、改めなければならないな。

「ホワイトオパール茸の採集に行くわよ！」

ネオンは堂々と言っているが、何言ってるか分かんない。いや、分かるんだけど。

「なにそれ？」

「なんと一本、五十万Gよ！」

え、MAJIDEKA！　キノコさん凄すぎる！

「嘘だろう⁉　なんでそんなのが採られてないんだ？　誰でも行けるところにないとか？」

「それもあるわ。C級魔物であるギャングプテラの巣の近くにあるの。そしてホワイトオパール茸は、ホワイト茸の周囲にしか育たないの。見た目は全く一緒のね」

大量の偽物の中から、本物を探さないといけない訳か。それにC級魔物って……この町で最も強いパーティがC級だったんじゃ……会ったら最後だな。

ギャングプテラは空を飛ぶ小さなワイバーンのようなものらしい。肉食で、オークを一撃で喰い殺すようだ。うーん、これは会いたくない。

「そしてなんと本物の確率は一万分の一よ！」

少なすぎだろ。化物の巣の中、一万分の一のキノコを探すとか、普通はしない。馬鹿もいいとこだ。高いのも納得である。

「だけど、シビルのスキルなら本物を見つけることができるでしょう？　聞いたところ、ギャングプテラが居るかどうかも分かりそうだし」

そう。俺のスキルなら、いくらでも探しようがある。勝つことは無理でも、魔物が居るのか、いつ離れるかもメーティスさんに聞けば。

いける。俺のスキルなら……。ホワイトオパール茸を採ることも。

「ああ。『神解』を使えば、可能だ」

「決まりね！」

俺達の商人としての最初の仕事はキノコ採集になりそうだ。

「これって商人の仕事か？」

つい疑問を口に出してしまう。それを聞いたネオンの形の良い眉が吊り上がる。

「商売には元手が大量に居るのよ！　どこにあるのよ、そんな金！　シビルの金と、私の五万Gしかないのよ。そんな金で商売してもたかがしれてるわ！」

「そんなないのかよ」

むしろよく商人を名乗ったな。一ヶ月も生活できねえだろそれ。

「まず最初はキノコで一発当てて、そこから大商人への道を切り開くの！　これから私達の商会が大きくなったら、このエピソードが最初の冒険譚として語られる訳よ」

ネオンはそう堂々と宣った。そこまで妄想できるとは、中々の大物である。

ホワイトオパール茸は普通のホワイト茸と違い、魔法使いが使う特殊な成分が含まれているらしい。それゆえ大変需要は高いのだが、現状ホワイトオパール茸のみの栽培は全く上手くいってないようだ。それだけ貴重で需要があるなら、その値段も納得である。

ネオンが言うには、近くのセメン山にギャングプテラの巣があるらしい。キノコ採り用の道具を買い、明日向かうことになった。

「シビル、貴方あんな宿で寝てるの？　あそこは奴隷みたいに劣悪な環境でしょう!?」

泊まっている宿を伝えると、大いに驚かれた。あそこは安いが劣悪で有名らしい。結局、ネオンが泊まっている宿を紹介してもらい、一室借りた。五千Gと前より高いが、ぼろいとはいえ、ベッドがあるだけで涙が出るくらい嬉しかった。

翌日俺とネオンは、早速セメン山に向かった。メーティスに尋ね、魔物を避けながらどんどん登っていく。セメン山は木々に囲まれた緑豊かな山だった。

二人とも体力がそんなにないので、魔物なしでも過酷と言えた。

「そろそろホワイト茸の群生地に、つまりギャングプテラの巣の近くのはずよ。ギャングプテラだけは常に警戒してね」

巣に近いこともあり、ネオンからも緊張が感じられる。

色々不測の事態に備えて用意もしたんだ、だからきっと大丈夫。

「ああ。分かってる」

『メーティス、群生地付近にギャングプテラは居る？』

『ノー』

『一時間以内に戻ってくる？』

『ノー』

『五時間以内に戻ってくる？』

『イエス』

詳しく尋ねると、どうやら三時間後くらいに巣に戻ってくるそうだ。

「ネオン、三時間ほどはプテラも留守らしい。その間に探そう」

「分かったわ」

そして遂に、セメン山の頂上であるホワイト茸の群生地に辿り着いた。

一面見渡す限り、白いキノコで埋め尽くされている。まるで白い絨毯が敷かれているようだ。数キロ先まで全てホワイト茸しか見えない。危険なのは分かっているものの、どこか不思議で良い景色だ。

「確かに凄い景色だけど、早く探すわよ」

「じゃあ、手筈通りに」

普通なら一万分の一のキノコを見つけるなんて不可能だ。だが、俺のメーティスなら！　そして既に策は考えてある。

こうして二人で鎌を使い、キノコで埋まっている地面に線を引き始める。だいたい、十メートル四方の四角形を描く。

『この枠内にホワイトオパール茸はある？』

『イエス』

早速ビンゴだ。幸先が良い。

「この中にある。半分に区切ってくれ」

「了解ー！」

ネオンが、その四角形を二つに分けるように線を引く。これにより二つの長方形ができた。そして片方の長方形に移動する。

『この枠内にホワイトオパール茸はある？』

『ノー』

この枠内にないということは、向こう側の長方形の中にホワイトオパール茸があるらしい。

「ネオン、こちらにはないみたい。もう片方を半分に！」

向こう側の長方形が二つに分けられ、最初の四分の一の四角形が二つ出来上がる。

『この枠内にホワイトオパール茸はある？』

『イエス』

こうして、どんどんホワイトオパール茸のある場所を半分ずつに絞っていく。最終的には、キノコ十個程度まで絞られた。

後は一つ一つ確認していく。

『これはホワイトオパール茸？』

『ノー』

『これはホワイトオパール茸？』

『ノー』

『これはホワイトオパール茸？』

『ノー』

『これはホワイトオパール茸？』

『ノー』

『これはホワイトオパール茸？』

『イエス』

遂に来た！

「ネオン、見つけたよ！　ホワイトオパール茸だ！」

俺は興奮気味にキノコを翳す。それを見たネオンもくしゃりとした笑みを浮かべた。

「やったー！　私達もこれで小金持ちよ！」

ネオンも大喜びで跳びはねている。大金持ちじゃないところがリアルと言えるだろう。

「まだ時間はある。どんどん探すぞ！」

「任せといて！」

俺達は喜びで多少テンションがおかしくなりつつも、ホワイトオパール茸の採取に全力を注ぐ。そして四つ目を見つけたあたりで、二時間半以上が経過していた。

「四つあれば、二百万Gになるわ……うふふ」

ホワイトオパール茸を見て、にたにたと笑みを浮かべるネオン。銀貨でいうと二百枚だ。貧乏人である俺達には非常に大きい。

まだ少し時間はあるが、どうしようかねえ。

今後について考えていると、背後から土を踏みしだく音がした。

俺は嫌な予感がしつつも、すぐさま振り返る。だが、嫌な予感というものに限って当たるものだ。

背後に居たのはオーク達である。槍を持ったオークが三匹。

うかつだった。

メーティスにギャングプテラの戻ってくる時間を尋ねてはいたが、他の魔物については尋ねていなかった。

ホワイト茸の群生地には、他の魔物はあまり現れないと聞いていたため油断していたのだ。オークの口元にはホワイト茸の食べかすがついている。

そういえば、豚ってキノコ好きなんだっけ？　トリュフでも食ってろ。

「シビル、一応聞くけど……貴方、冒険者なのよね。オーク倒せたり……」

「勝てると思うか？　それができるなら俺は冒険者やってるよ……」

俺はペーパー冒険者に過ぎない。

「逃げるわよ！」

ネオンの叫びと共に、俺達はオークとは逆方向に走り出す。逃げた俺達を見て、オーク達も全力で追ってくる。

お前ら、キノコ目当てじゃなかったのかよ！

『どちらに逃げればいい？』

メーティスに尋ねるも返事はない。イエス、ノーで答えられる質問しか答えてくれないからだ。どうやら突然の襲撃にパニックになってるらしい。

走っていると、目の前に洞穴が見えた。

『洞穴に入った方がいい？』

『ノー』

あそこに入るのは駄目なのか。

「ネオン、中には入るな！　どうやら危険らしい」

「分かったわ！」

『洞穴より左に逃げるべき？』

『イエス』

「左に逃げるぞ！」

ネオンに指示を送る。木々の生い茂る森の中、草木をかき分けて駆けおりる。オークの速さはどうやら俺達よりわずかに遅い。

逃げ切れる！

そう考えていると、後ろで声が上がる。

「きゃっ！」

ネオンが駆けおりている途中で、石に躓《つまず》いて転んでしまったのだ。

「ネオン！」

俺もそれを見て、足を止める。だが、オークは俺達のトラブルなど考慮することもなく全力で走ってきている。

まずい、このままじゃ。

ネオンは口を震わせて、絶望に染まった顔でこちらを見ている。

俺も恐怖で足が震えている。今すぐ颯爽と助けに行きたいのに足が動かない。怖いのだ。きっとネオンも気づいているのだろう。俺達では勝てないことに。

俺は剣を握る。昔からよく剣を握ってはいた。成長しなかっただけで。人を斬るのが怖かった。斬られるのが怖かった。俺は臆病者だ。それは今も何も変わっていない。

もっと鍛錬をすればネオンを悠々と助けられたのか？　だがそれは無意味な仮定だ。震えは収まらない。が、震えた足を無理やり動かし、ネオンのもとへ走り出す。そしてそのままネオンを抜かすと、オークに対峙する。

「ネオン！　立て！　時間を稼ぐ！」

俺の震えた大声を聞いて、慌てて立ち上がる。膝からは血が流れている。だが、応急処置をする余裕なんてなかった。

「シビルは⁉」

「すぐに追いつく！　俺に生きてて欲しけりゃ先に行け！」

それを聞いて、ネオンは走り出す。

「お願い、死なないで……！」

話している間にもオークは目前まで迫ってきていた。

メーティスに聞くまでもない。勝てはしないだろう。俺は剣を握り襲い掛かった。俺は剣をオークに向かって振り下ろす。

オークは軽く躱《かわ》すと、その槍で突きを放ってきた。

「ガッ！」

よけきれずに、右腹部が貫かれる。だが、これで距離はいっきに近くなった。

「文明の利器を舐めるなァ！」

俺はポケットにしまっていた、赤い玉をオークの目に向けて放つ。それは見事にオークの眼球に当たった。

『グオオオ！』

それを受けたオークが悲鳴と共に地面に転がる。

赤い玉の正体はギルドで買った香辛料で作られた護身用武器である。刺激物であり、目など粘膜に当たると激痛を与えると共に、一時的な盲目状態にできる品物だ。

原材料が香辛料のため一個一万Gもしたが、効果は中々。

仲間の突然の異常に他のオークも動きが止まっている。

「今のうちに、それ！」

俺は地面に白い玉を叩き付ける。それにより周囲が煙で包まれた。視界が煙で埋まった隙にネオンのもとへ全力で走り出した。

『まっすぐ降りればネオンに会える？』

『ノー』

『ノー』

『少し右？』

『少し左？』

『イエス』

俺は左に少し逸れながら山を下っていく。しばらく降りると綺麗な青い髪が見える。

「ネオン！」

ネオンが俺の方を振り向き、泣きそうな顔から一転くしゃりと笑う。

「シビル！　無事だったのね！」

「ああ、なんとかな。話は後だ。このまま降りるぞ！」

「うん！」

シビルはメーティスに魔物の位置を尋ねつつもどんどん下っていった。

日が暮れ始める頃、なんとか俺達はデルクールに戻ってくることができた。

「た、助かった……」

「本当に。死ぬかと思ったわ」

俺もネオンも助かった喜びと疲れで、地面に倒れ込む。

「まさか、ギャングプテラじゃなくてオークで死にかけるとは……」

「私もオークがあそこに来るなんて知らなかったわ。これからは他の魔物も気を付けましょう」

「ちょっと教会に手当てしてもらってくる。血収まらないし」

「その方がいいでしょうね」

俺は貫かれた腹部を押さえながら教会に向かい、治癒師《ヒーラー》に怪我を見せる。

「中々大怪我されましたね。この怪我なら中級治癒魔法が必要なのでお値段もかかりますよ」

「お願いします」

教会も慈善事業ではない。俺は三万Gを支払い、治癒魔法をかけてもらった。もう殆ど金がない。

なんとか血が止まり、傷も塞がった。完治とはいかなかったが、これで命にかかわることはないだろう。

「これで命に関わることはありません。しばらくは激しい運動は控えた方がよいですよ」

「分かりました」

俺は突然の出費に悲しみつつも、教会を出た。

教会の外では、ネオンが俺を待っていたようだ。

「ネオン、ホワイトオパール茸の買取どうする？　明日行く？」

「いや、まだ時間があるから今日行くわよ！」

目が完全にお金になっていらっしゃる。きっとネオンも残金があまりないのだろう。

俺はネオンに連れられて、商人ギルドへ向かった。

商人ギルドも、中央通りに建っていた。

中は冒険者ギルドより落ち着いており、皆穏やかに笑顔を貼り付けて話している。ネオンは受付嬢に声をかける。

「ホワイトオパール茸の買取をお願いするわ」

ネオンは若干どや顔で言った。だが、それを聞いた受付嬢は少し困ったような顔をする。また子供が一獲千金を夢見てホワイト茸を採ってきたわ、と言わんばかりである。

「ホワイトオパール茸は鑑定が必須になります。鑑定料も一本二百Gですが大丈夫ですか？」

割と高いな。殆どの者はおそらくただのホワイト茸を持ってくるのだろう。大量の無意味な鑑定を防ぐために価格を上げているのかもしれない。

「大丈夫よ」

その言葉を聞いて、困った子ねと言わんばかりの顔をした後、鑑定官を呼びに下がっていった。

「全く信じてなかったな」

「そうね。けど、その鼻を明かしてやるのよ！」

そう言って笑うネオンの顔は悪戯好きの少女そのものだった。戻ってきた受付嬢の後ろには眼鏡をかけた三十代の男が控えている。おそらく彼が鑑定官なのだろう。

「それで何本持ってこられたのですか？」

「四本よ」

「四本⁉」

受付嬢が驚きの声を上げる。そんなに驚くことでもないと思うんだが。

「す、すみません。皆さん百本単位で持ってこられますので……」

なるほど。確かに鑑定できないなら、大量に持ってきて確率を上げるしかない。ギャンブルに近いな。

鑑定官に至っては全然稼ぎにならんな、と言わんばかりの顔だ。

「それでは失礼します……なっ！」

鑑定官が鑑定を始めてすぐ、大声を上げる。

「ほ、本当に……ホ、ホワイトオパール茸だ！」

鑑定官が驚愕している。だが、衝撃はまだ終わらない。

「こ、これも！　これも！　こここ、これも！　ぜ、全部、本当にホワイトオパール茸だ！」

鑑定官が衝撃で震えている。それを聞いて、受付嬢も驚きの顔を見せる。

「本当ですか？　今までオパール茸のみを持ってきた人なんて一人もいなかったじゃないですか」

「私も信じられません。間違いかと思って、何度も鑑定しました。だが、本当なのです」

何か、恐ろしいものを見るような目でこちらを見ている。受付嬢も信じられなかったのか、奥に下がり、もう一人鑑定官を呼んでいる。

信用がないのが、悲しい。

だが、これは紛れもない本物。もう一人の鑑定官も本物だと言い、ようやく信じてもらえたようだ。

「当たり前でしょう！」

ネオンが堂々と胸を張る。

「大変失礼いたしました。こちら買取金二百万Gになります。鑑定料はサービスいたします」

受付嬢は素直に頭を下げる。

「別に大丈夫ですよ」

笑顔で応える。

「凄いですね！　未だに見分け方が判明していなくて、鑑定スキルでしか見分けられないのに！　鑑定持ちですか？」

やっぱり聞かれるか。どうすべきか。

「彼はキノコ博士なのよ！」

ネオンが突然返事をする。

「キノコ博士？　見分けられるんですか⁉」

「それは秘密よ！」

それを聞いて周りがざわめき始める。

「彼はキノコ博士らしい」

「ホワイトオパール茸を見分けられるんだって？」

「本物じゃないか……」

「凄いな……。きっと帝都でも著名な博士に違いない」

どんどんネオンのデマが広まっていく。こうして俺は商人ギルド内でキノコ博士として認知されるようになってしまった。

商人ギルドを出て、ネオンに半分である百万Gを手渡す。

「とりあえず、半分ずつで」

「いいの？　作戦は私だったけど、主に活躍したのはシビルよ？」

「こういうのに差をつけると後々しこりになるもんだ。それに、作戦がなければ俺達はこの金を手に入れることはなかった。それは正当な報酬だ」

俺の言葉を聞いて、ネオンがにっこり笑う。

「ありがとう、シビル！　私シビルに会えて良かったよ！」

「俺もだよ、ネオン」

こうして俺達の初仕事は成功に終わった。その夜は命がけの冒険をしたせいか興奮してあまり寝れなかった。だが、心はどこか満たされていた。

◇◇◇

シビルを追い出した領主レナード・ロックウッドは優雅にワインを楽しんでいた。

(ハイルが無事に『剣聖』スキルを得た。ロックウッド家の面目も保たれよう)

だが、レナードのこの優雅な時間は部下達によって壊されてしまう。

「レナード様、こちらの農耕事業についてですが」

「レナード様! ドラグラ山の発掘に遅れが生じておりまして……」

「軍備の予算が足りません!」

レナードのもとには大量の陳情と書類が溜まっていた。ここ数年は全てシビルにやらせていたので、書類を見せられてもさっぱり分からないのだ。

大量にあった借金がシビルによって完済されていたのが救いだろう。

(それにしてもこんなに我が領で様々なことをやっておったのか。色々手を広げる暇があるのなら、少しでも剣の腕を磨け)

レナードは心の中でシビルに悪態をつく。

「主な決定は全てシビル様がされておりました。どうなさいますか?」

家宰であるセバスが少し棘のある声色で言う。

まああんな無能でもできるのなら儂でもできるだろう、とレナードは読んでいた書類をデスクの上に放り投げる。

「農耕事業なんてしなくていい。それをやめて全て軍備に回せ。農耕なんて、領民が各自でやることだ。我々貴族が手伝わなくてもいい。甘やかすな」

それを聞いて、農耕事業に関わっていた文官が大声を上げる。

「お待ちください、レナード様！　今ようやくシビル様が行っていた農耕事業が実を結びそうなのです。これが形になれば、これまで以上に収穫も――」

「くどい！　あの臆病者のやっていた事業だと？　やつのような臆病者の言う通りにやっていたら、兵士はゼロになってしまうわ！」

レナードの言葉を聞き、文官はしぶしぶと引き下がった。

「英断でございます、レナード様！　これにより我がロックウッド軍は更に飛躍できましょう！」

軍備担当の男はそれを聞いてレナードを褒めちぎる。

「我らは武によって陛下の信頼をうけてきた。更に鍛え上げよ。それと発掘だが、予算はそこには回せん。ある分でなんとかしろ」

（シビルめ。金儲けばかりして、軍備をケチっておったな。儂《わし》なら軍も、統治も上手くやれるだろう。だが、これからはハイルが次期当主。強く男猛なロックウッド家の当主として盛り立ててくれるだろうが領地運営について教えてやらねばならんな。セバスも儂の華麗な決断に文句のつけようもなかったのか、黙っておるわ）

レナードは心の中でほくそ笑む。

話も終わったのでレナードは全員を部屋から出すと、再度ワインを嗜《たしな》む。

「美味い」

少しずつ、ロックウッド領に暗雲が立ち込める。

◇◇◇

「私達の商会名、そろそろ決めようと思うの」

翌日の朝、朝食のパンを食べている際、ネオンから話を切り出される。

「商会名か……まあいいんじゃない？」

「なによー、そのなんとも言えない返事。けどもう決まってるからいいわ！　我が商会名はネオンビル商会よ！」

俺の要素、後半のビルか？　シビルのビルなのか？　殆どネオンじゃねえか、まあいいけど。

「それでいいぞ。俺達あの金でもう店持てたりする？」

パンをスープに浸らせて、口に運ぶ。硬いのでこうしないと食べづらいのだ。貴族時代はやはり良いものを食べていたのだと、今更ながら感じる。

「無理ね。ちゃんとした店を構えるにはもっと金とコネが必要。けど露店通りに小さな露店なら開けそう」

「おおー！　大きな一歩だな！」

小さな露店とはいえ、店を持てるということに、高揚感を覚える。先に進んでいるという喜び。ただ生きていくためだけに日銭を稼ぐ。それだけでは未来を見ることもできない。

「この金を元手にダンジョン都市で掘り出し物を探してそれをこの町で販売する。シビルが居れば本物だけを手に入れられるから勝算は高い」

「ダンジョン都市？」

ダンジョンを持つ都市が近くにあるのか？

「ああ。シビルは王国から来たんだっけ？　デルクールの隣にはダンジョン都市『ヘニング』があるの。帝国内でも小さいダンジョンだからそこまで栄えてる訳じゃないんだけど、出土品を求めて多くの冒険者と商人が集まるわ」

「へー」

確かに俺なら価値あるもののみを買うことも可能だ。

「往復に四日かかるから、護衛を雇う？　知り合いに伝手ならあるわよ？」

「うーん、どれくらい危険かによるな」

「たまに魔物や、盗賊が出るくらいね」

『メーティス、護衛を雇うべき？』

『ノー』

メーティスがこう言うということは、今回はそこまで危険はないいな。結局俺達は最低限の食料を持って、ヘニングへ向かった。

メーティスに逐次確認しつつ向かったおかげで、特に襲撃にあうこともなくヘニングに辿り着いた。

ダンジョン都市の名は伊達ではなく、本当にダンジョンを中心に都市が構築されていた。ダンジョン自体は国に管理されているらしく、警備員に入場料を払えば入れるようだ。

そこから手に入ったアイテムは、ギルドや商店に売ったり、持ち帰ることも可能だ。ただし、その場合、税金がかかる。国も稼ぐことに余念がない。

ダンジョン前は、都市でも一番の活気があった。多くの屋台や露店が冒険者のために営業しており、冒険者からもたらされるアイテムを目当てに多くの商人も慌ただしく動いている。

「今日手に入った魔道具だよー！」

「属性付与の短剣が、この価格だ！」

「ゴルブタの串焼きだよー！　美味いよー！」

このごたごたした、活気を感じる雰囲気に頬が吊り上がる。儲けの匂いがする。

「わくわくしてるの？」

俺の顔を見て、ネオンもにたりと笑う。

「するに決まってる！　男の子は、冒険が好きなんだよ！」

「ダンジョンに入るつもり？」

「入ってみたいが、自殺する趣味はないさ。お宝を探そう！」

「分かったわ！　掘り出し物を探すわよー！」

どんどん俺達は店を周り、商品を確認していく。デルクールの露店よりは良い物が多い。値付けより価値が二倍以上あるものを中心に次々と購入していく。

値切るのはネオンの仕事だ。あの手この手で値段を下げさせる。店主達もやはり男の俺よりも、美少女であるネオンが話した方が対応もいい。

「どうよ！」

三割以上値下げさせたネオンがどや顔を見せる。

「凄かったな。これ以上は無理だ！　って言ってから更に下げさせてたもんな」

「プロはそこからが本番ですよ」

と笑う。全財産の半分以上を使ってここで商品を購入する予定だ。どんどん買っていかなければならないだろう。

露店を回っていると、再びメーティスさん調べによる掘り出し物が見つかった。指輪である。ネオンに目配せをする。

「ん？　兄ちゃん、お目が高いねえ。これは冒険者がダンジョンで拾った指輪だ。綺麗だろう？　横のお嬢ちゃんに買ってあげたらどうだい？」

店主が言うには、おそらく死んだ冒険者の遺品だろうということだ。冒険者の死体からアイテムを貰うことは禁止されてはないらしい。

「綺麗ね。おいくら？」

「とはいえ、綺麗な宝石もついてるからよ。六万Gでいいぜ」

「これおそらく大した宝石じゃないんでしょう？　二万Gが精々よ！」

「そりゃ安すぎだぜ、嬢ちゃん。四万Gはどうだい？」

「えー。もっと安値で初心者から買い取ったんでしょう？」

その後も熱い交渉があり、最終的には三万Gとなった。

「シビルを信じたけど、これ価値あるの？」

ネオンが購入した指輪を疑いの目で見ている。

「メーティスさんが言うには、二十万Gの価値はあるらしい」

正直詳しく尋ねないと、分からん。だが値段を考えるにおそらくこの宝石は本物なのだろう。

「じゃあ二十万Gで売ればいいわね」

そう言って、にっこりとポケットにしまうネオン。

それからも一日中交渉に励むネオンを見ていた。

一日を費やし大量の商品を持って、デルクールに戻る。そして露店通りの場所を借りるために、商人ギルドへ向かう。

中に入ると、こちらを見てひそひそと話す者がいる。

「あれが、例のキノコ博士か」

「キノコを持っていないな、今日は」

「凄いよな。頭がいいんだろう、所作にもどこか品を感じるよ」

すっかりキノコ博士が定着していらっしゃる。そしてなぜか上がっている評判。キノコの勉強した方がいいかもしれん。ネオンは全く気にせずに受付嬢に話しかける。

「露店通りの一画を借りたいの。費用は月一金貨以内で」

「なるほど。その条件なら三箇所くらいありますが、どこにされますか？　一区画目は、周りは安い商品が中心の露店が多いです。二区画目は、先ほどよりは高い商品が中心ですね。銀貨から金貨での買い物が多いです。三区画目は、露店通りでも特に高い商品が多いです」

『借りるなら二区画目？』

『イエス』

まあ消去法で二区画目しかないのだが、肯定されると安心して借りられるな。

「二区画目で頼みます」

ネオンは突然口を出した俺の顔を見るも、メーティスに尋ねた上での決断だと思ったのか、それを了承した。

「では、二区画目で手続きを進めます。費用は月に十万Gになります。初めに二ヶ月分を前払いでお預かりしておりますので、後ほど支払いをお願いします」

十万G……。露店の一店舗あたりの場所はそんなに広くない。そう思うと高い気がしなくもないが、初期費用が抑えられる上に、あそこはやはり人通りも多い。となればある程度高くても仕方ないだろう。

支払いを終えた後、俺達は受付嬢からこれから借りる場所を案内される。当たり前だが、通ったことのある場所だ。

ここに自分の店が建つなんて……。露店とはいえ、わくわくする自分が居た。

「何呆けてるのよ！　これから露店を建てないといけないんだからのんびりしてる暇はないわよ？　ここを正式に借りるのは、二週間後。それまでに露店を建てないと」

何も考えていなかった。露店とはいえ、地面に商品を置くだけではない。商品棚など、作らなければいけない物は沢山ある。

それからは大工衆に屋台を作ってもらったり、看板を作ってもらったりと目が回るような忙しさだった。

そして二週間後、俺達の露店が遂に完成した。広さは幅三メートル、奥行二メートルほど。品物を置く台の高さは一メートルほどで、全て木で作られており味わい深いと思うのは、きっと自分の店だからだろう。

しっかりと屋根もあり雨の日でも営業ができるようになっている。屋根に取り付けられた看板には
『ネオンビル雑貨店』

とカラフルな色で書かれていた。

「完成ー！」

「やったー」

俺とネオンは完成を祝し、手を叩いている。正直、思ったより金がかかり、二十金貨あった残金は一割をきった。

「これで私達も立派な商人よ！」

「応！」

そうは言いつつも、俺自身は未だに商人ギルドに登録すらしていない。その日暮らしを脱出しようとは考えていたが、気づけば露店を出していた。いったいどういうことなんだ。

だが、完成した屋台は可愛く見えて仕方がない。これは俺達の力で勝ち取った店なのだ。

「お金がないから、明日から早速売るわよ！」

「了解です！」

俺達は遂に商人として大きな一歩を踏み出した。

翌日から遂に第一号店『ネオンビル雑貨店』が開店した。近隣の屋台にも、しっかりとネオンが挨拶をしていたらしく、特にいやがらせ等を受けることもなかった。

むしろ、ネオンちゃんは若いのに偉いねー、と甘いまであった。俺には別に優しくなかったけど。

初日の売り上げは中々良く一金貨を超えた。ネオンの商売トークは本物で、貴婦人やおっさんにまで様々な商品を売っていた。俺だけだと、二割も売れなかった自信がある。

俺は何していたのかというと、専ら裏方である。後ろで金の計算をしたり、お釣りを渡したり。

やっぱり看板娘っていいよね。俺も好き。

「疲れたわー。けど、一日目は上々ね」

「お疲れ様。ネオン、売るのも上手かったんだな」

「当たり前よ。これだけで生きていくつもりだったんだから」

と二の腕を叩きながら言う。働いていい汗をかいている人の顔だった。

「けど、あんまり販売で俺の出番はないなあ」

「仕入れ担当なんだから、裏方してくれたら十分。私一人で全てするのは無理なんだし。適材適所よ」

翌日からは、売上自体は初日よりも落ちたものの順調といえた。ちなみに販売価格は一つ一つメーティスさんに相談してベストな価格で販売している。おそらくだが、ネオンの値引きも考慮しての値付けな気がする。

ネオンが昼食を食べている間は、俺が店番をしている。この間はあまり売れないが、仕方ないだろう。

のんびりしていると、小柄なお爺さんが店にやってきた。服はそこまで綺麗ではないが、どこか優しそうなお爺さんだ。よく見ると朝から様々な店を覗いていたお爺さんである。実は目利きのプロなのかもしれない。

うちの店でも、何かを探しているように商品を真剣な目で物色している。そしてこの間仕入れた指輪を見て大きく目を見開いた。

「やっと……見つけたわい」

お爺さんはそう呟くと、頬に涙を垂らす。突然の出来事に、俺はパニックになる。

「どうしたんですか!?」

「いや……。ずっとこの指輪を探しておったんじゃ。これは冒険者になった娘に贈った物でなあ。ダンジョンで亡くなったと聞いて、せめて形見だけでもと思っておったんじゃ。お金はいつか必ず用意する！　今はこれだけしかないんじゃが、売ってくれんだろうか」

　お爺さんは、俺の手を掴んで懇願する。お爺さんが家からかき集めた所持金は大銅貨や銅貨などの小銭ばかりで、全部合わせて三万Gない程度、といったところだ。この商品は二十万Gもするためまだ売れていないが、悩んでいる人が多い人気商品でもあったりする。じきに売れるだろう。

　うちは取り置きなんてしていない。商人としては、早めに用意してくれるようお願いすべきだろう。

だが、俺の口は考えとは別の言葉を話していた。

「お金は足りてますよ。値付けが間違ってました。いやー、商人として失格だ。この商品は一万Gだった、確か」

　そう言って、お爺さんから一万G分だけお金を貰うと指輪を手渡した。手渡されたお爺さんは涙を流し、頭を下げる。

「ありがとう、お兄さん！　本当にありがとう！」

　お爺さんは涙を流し喜び、残りの小銭を全て置いて去っていった。こちらが一万Gで良いといくら言っても聞かなかったのだ。

「大切な金だろうに……」

大喜びで去っていくお爺さんを見て呟くと、後ろから気配を感じる。

「大切な金よ、本当にね。それは私達も同じだけどね！　シビル、あんた何やってるのよ！」

　ネオンから雷が落ちた。二十万Gでおそらく売れたであろう商品を買値より安く売ったのだ。怒るのも当然だろう。

「本当にすまなかった！　あれは俺が全面的に悪い」

「本当にね。なに格好つけて商人失格だ、とか言ってんのよ！」

そこまで聞いていたのか。なんとも恥ずかしい。

「返す言葉もない」

「あの爺さんが嘘ついてるなんて言わないわ。けど、親の形見で、とか言って値切ったりする奴等も多いのよ。いちいち値下げしてたらきりがないでしょう？」

うーん、そんな値切り方があるのか。人としてどうなんだ、と思わなくもないが。だが、あのお爺さんは嘘をついているとは思えなかった。先ほどの話は嘘偽りのない真実だろう。

「今後は気を付けます。損失額は、俺の給料から引いといてくれ」

俺の反省が伝わったのか、ネオンは怒りを収めてくれたようだ。

「別にそこまでしないわよ。それに……私だってあの人が本当のことを言ってたとは思うし。商人としては良くなかったけど、人としてはきっと正解だったわ」

ネオンは目を逸らしながら言う。突然のお褒めのお言葉。素晴らしい飴と鞭。損はしただろうが、俺は後悔していなかった。

それからもネオンビル雑貨店は、地道に売り続けている。安定してきたといえるだろう
俺が店番をしていると、美しい金髪を靡《なび》かせた美少女が向こうから歩いてきた。忘れる訳もない。

俺の恩人と言えるイヴだ。

突然の再会に俺の心臓が大きく鼓動していることを感じる。

イヴはこちらに気づくと笑顔で手を振ってこちらにやってきた。

「イヴ、久しぶり。警備？」

「そうなの。シビル、久しぶり！　あれからやっていけるか心配だったんだけど、お店で雇ってもらえたんだね！　良かった」

零れるような笑顔で、俺の就職を喜んでくれるイヴ。

「実はこれ、俺が始めた店なんだ」

「えっ!?　どういうこと？　いきなりお店を開けるなんて、やっぱり貴族の人？　それとも実家の太い商人？」

こうも驚いてくれるなんて、驚かせがいがあるな。

「全然。命がけで無理してお金稼いでようやくなんとか小さな露店を開けたんだ」

それを聞いたイヴは、頭を下げる。

「ごめんね。シビルが頑張って露店を開いたのに、援助を疑って」

「気にしないで。普通そう思うから！」

普通、あんなチンピラにタコ殴りにされている若造が、いきなり商売を始めたら後ろ盾を疑うだろう。

「けど……」

傷つけてしまっただろう、と心配してくれる。やっぱり優しいな、この人は。

「恩人にこんな些細なことを気にされると、こちらも困ってしまうから。しばらくは露店開いてるから、また遊びに来てよ」

「そうね！　色々可愛い商品もあるみたいだし、また非番の日に来るわね！」

と手を振って去っていった。手を見たけど傷だらけであった。きっと毎日のように鍛錬をしているのだろう。久しぶりのイヴを見て心を癒されていたところで、声がかかる。

「シビル、ここに来たばっかりとか言ってたけど、もう女に声かけてたんだぁ？　随分手が早いようね」

とネオンに心なしかいつもより低い声で言われる。

「いや、彼女は俺がこの街に来たばかりの頃、チンピラに襲われていたところを助けてくれた恩人なんだよ」

と少し早口で説明してしまう。

だが、その弁解も彼女の心を晴らすことはできなかったようだ。

「ふーん、まあいいんだけどね」

結局俺は、夕食にデザートを付けることで、ネオンのご機嫌をとることになった。

◇◇◇

執務室で日々伝えられる嫌な報告に、レナードは机に拳を叩き付ける。その音に、周囲の部下達は怯えつつも目を逸らす。

「なぜこんな体たらくなんだ！　領民は何をしている！」

レナードが部下達を怒鳴りつける。部下達もただ謝るだけで解決策を提示することはなかった。既にシビルがロックウッド領を出てから一ヶ月が経過している。

怒っている理由は一つだ。税収の低下である。なにも一ヶ月だけでそこまで減った訳ではない。部下から手渡された今年の税収予想額を見ての話だ。毎年右肩上がりであったのに、今年から急に悪化した。

「なぜこんなに少ないんだ！」

レナードは苛立ちながら、大きく歯を噛みしめる。それを見て一人の文官が恐る恐る手を上げる。

「恐れながら申し上げます。やはり、農耕事業が止まったことが大きいのではないでしょうか？」

「儂の決断が悪いというのか、小僧？」

レナードが睨みつけると、文官はすぐさま目を逸らして謝り始めた。だが、レナードはしばらく書類を眺めて大事な事実に気づく。

「ん？　税率が間違っておるぞ？　三割になってるじゃないか」

（確か税率は五割だったはずだ。誤って三割で計算したため、ここまで減ってしまったのだろう）

そうレナードは解釈した。

だが、それを聞いたセバスが声を上げる。

「レナード様、うちは三年前から税率の引き下げを行っており、現在三割しか取っていないのです」

税額が減っていなかったため、税率まで把握していなかった。だが、レナードはまるで子供が悪事を思いついたかのような卑しい笑みを浮かべる。

「あの馬鹿が税金を三割に減らすから悪いんだ。これからは六割にする」

「そ、それは……。元の五割より高いです。どうかお考え直し下さい！　せめて四割。確かに一時的には財政は良くないかもしれません。ですが、未来を考え税率を下げることで領民が富めば、結果的に税額は上がるはずです！」

これはシビルが考えていたことだ。セバスはロックウッド領の未来を見据えて必死で働いていたシビルを誰よりも見ていた。そのため、その努力の成果がレナードの一存で消えることが耐えられなかった。

「うるさい。三割とか甘ったれたことをしていたからこんな税が減るのだ。少なくなったなら税率を上げるまでよ。領民もこれで危機感を持ち、もっと頑張って儂のために働くだろう。ハハハハハ」

レナードの言葉を聞き、セバスの顔は絶望に染まる。このままでは三年前の借金まみれのロックウッド家に戻る。そう感じていた。

(それにしても、税率を三割に減らすなど、あの臆病者は何を考えておったのだ。こんな税率でよく回っていたものよ。あいつのことだから何か細工でもしていたのかもしれんな)

(妻も税納付額を聞いてから最近、少し機嫌が悪かった。だが、これで税金問題も解決だ。これで憂いもなく剣の鍛錬に励めるわ)

レナードは自分の指示に満足して、腰を上げるとそのまま執務室を去っていった。

◇◇◇

「最近、地味な稼ぎだな」

売り上げを計算しながら呟く。ネオンビル雑貨店を開いて、既に一ヶ月以上経過している。順調ではあるが、日常になってきたのだ。今日のピークは過ぎたので、少し余裕がある。

「十分売り上げてるじゃない。黒字でしょう？」

ネオンが呆れたような顔で言う。

「そうなんだけどね。もっと十倍になるような商品を仕入れたりしたいんだ。これから暴騰する商品を買い占めて、大商人に仲間入りするみたいな」

まあ、俺も本気で言っている訳ではない。世間話だ。

「戦争前の食料や、武器。エリクサーみたいな物？　それは特別な情報網とかがないと、中々うまくはいかないんだけど。うちにはメーティス様が居るんだし、聞いてみたらどう？」

それもそうか。そう思い、早速尋ねてみる。

『一週間以内に、デルクールにある商品で十倍以上値上がりする商品がある？』

『ノー』

まあ、当然か。

『一年以内に、デルクールにある商品で十倍以上値上がりする商品がある？』

『イエス』

まじかよ！　か、買わなきゃ……！　いや、もっと具体的な日時を調べないと動きようもない。

『一ヶ月以内に、デルクールにある商品で十倍以上値上がりする商品がある？』

『イエス』

Ｏｈ……。一ヶ月以内だって？　これはビッグウェーブ来てるんじゃない？　乗るしかない、このビッグウェーブに！

「ネ、ネオン……ちょっと耳かせ」

と手招きする。

「何よ、急に……」

そう言いつつも、来てくれる優しい子だ。

「一ヶ月以内に、十倍以上値上がりする物が、デルクールにあるらしい」

「えぇぇぇぇぇぇぇぇぇぇぇぇぇぇぇぇ！」

俺の言葉を聞き、ネオンが叫ぶ。それを聞いて、左右の屋台の店主もこちらを向く。

「馬鹿、声が大きい！」

「ご、ごめん……。本当なの？」

ネオンも小声で話し始める。

「ああ。マジだ。まだ何かは特定してないが。早く動いた方がいいんじゃないか？」

「それは絶対そう。一ヶ月以内に上がるのなら、おそらく既に耳聡《みみざと》い商人は動き始めているに違いないわ。シビル、今日はもう店の手伝いはいいから、その商品の特定に全力を注いで！」

ネオンの目が輝いている。そりゃそうか。これはきっとこれまでの中でも一番大きな取引になるはずだ。

「ああ、分かった」

裏に戻ると、さっそく特定に動く。

『それは食べ物？』

『ノー』

『それは武器？』

『ノー』

よく上がる物としてネオンが挙げてくれた物ではないらしい。まあこれが上がるってことは戦争が近い、ってことだからいいんだけど。

『それは魔道具？』

『ノー』

『それは魔物の素材？』

『イエス』

魔物の素材か……。どうやってここから更に絞るかね……。

『その魔物はD級以上？』

『イエス』

『その魔物はB級以上？』

『ノー』

『その魔物はＣ級以上？』

『ノー』

ということはＤ級魔物の素材ということか。ここまでは絞れたが……正直魔物の素材なんてさっぱり分からん。ここまで絞ったら魔物名で尋ねるしかない。一度、ネオンに相談するか。

店番しているネオンに声をかける。

「Ｄ級魔物の素材ってとこまでは絞り込めたんだが、魔物について詳しくない。何かめぼしつかないか？　デルクールにある素材らしい」

「デルクールに出回っているＤ級魔物なんてそんなに多くないから、特定できそうね。赤鰐、メロウタイガーとか？」

『赤鰐の素材？』

『ノー』

『メロウタイガーの素材？』

『ノー』

「違うみたいだ」

「後は、フォレストモンキーとか」

『フォレストモンキーの素材？』

『ノー』

「違うって」

俺の言葉を聞いた、ネオンが考え込む。

「えっと、他に何あったっけ？　そんなにないはずなんだけどねえ。強そうな素材じゃないとしたら……クラリオンバードね」

『クラリオンバードの素材？』

『イエス』

「クラリオンバードだ！」

それを聞いたネオンがにやりと笑う。

「納得だわ。クラリオンバードは、綺麗な虹色の羽をしているのよ。よく貴族様の服の装飾品として使われている。一体からそんな取れないし、数も少ないのよね。おそらく上がるのは羽ね」

『暴騰するのはクラリオンバードの羽？』

『イエス』

ネオンの読みは見事に当たっていた。

「ネオンの読み通りだ」

「やっぱり。ここは勝負をかけるわ！　今ある現金は二百二十万Gほど。これを最低限残して全てクラリオンバードにつぎ込む」

上がると分かっている商品を買い込まない理由はない。そう思うと、上がる商品を頑張れば事前に知ることのできる『神解《メーティス》』は本当にぶっ壊れスキルと言えるだろう。

「了解！」

「まずはデルクールで買い込んだ後、隣町まで買いに行きましょう。クラリオンバードは生息地が限られている。持ち込まれるのはデルクールと隣町が殆ど。早速動くわよ！」

ネオンは店じまいをすると、早速羽を探しに向かう。加工前の羽を売っている素材を扱う店を訪れた。

「こんにちはー」

「いらっしゃい。また若い客だな」

店主がこちらを見て言う。

「仕入れに来たわ。クラリオンバードの羽が欲しいの」

「貴族向けの商品でも作るのか？　一本、五千Gだ」

それを聞いたネオンが少し顔を顰める。

「店にある分全部買い取るから少し下がらない？」

「元々うちにそんな数はないから殆ど下がんねえぞ」

結局店にあった分五十本、羽を購入し店を出る。

「少しだけだけど、既に値段が上がっているわね。けど、ほんの少しだけ。買い占めに動いてる、ってレベルじゃない。デルクールにある分は今日中に全て買い、その足でヘニングへ向かう！」

「了解！」

その後二店舗めぐり、追加で五十本購入した。合計百本だ。既に五十万G近く使っている。俺達はそのまま隣町であるダンジョン都市ヘニングに向かった。

移動時間に、羽が暴騰するピークの具体的な日付をメーティスに尋ねたが、三週間ほど先の話のようだ。

ヘニングに辿り着くと、すぐさまクラリオンバードの羽を求めて店を歩き回る。露店で見つける度に置いてある羽を買い占めて回る。

「こんなに買ってどうするんだい？」

買い占めているためか店主に尋ねられた。

「商売を二人で始めたんだけどね。うちは目玉商品がまだないのよ。クラリオンバードの羽って綺麗でしょう？　それを服にでも付けて売ろうと思うのよ！　きっと売れるわ」

まるで世間知らずな少女のような口調で、ネオンが答える。

「ほう。嬢ちゃんも中々商売上手だ！　きっと売れるさ。兄ちゃんもいい奥さん貰ったねえ。大事にしなよ」

その返答を、若い女の子が何か始めた程度にしか思わなかったのだろう、割引までして気持ち良く売ってくれた。

「いえ、別に私は奥さんって訳じゃ……」

とネオンは顔を真っ赤にして答える。

「ハハハ、そうか！　頑張りなよ！」

店主に見送られ、店を去った後、俺が尋ねる。

「その謎の演技必要なの？」

勿論、クラリオンバードの羽を使った商売をする少女の演技についてである。

「演技……うん。全て演技よ。だって買い占めて回っていたら怪しいでしょう？　けど、若い女の子が、商売を始めるために買うっていうなら筋も通っているじゃない」

「まあ、そうか」

「まだまだ店回るわよ」

交渉はネオンの得意分野だ。俺はひたすら後ろにくっついていた。ネオンは値下げ交渉をして町中のクラリオンバードの羽を買い占める勢いで買い続けた。金が先になくなったけど。

ヘニングで一日中買い回り、合計四百五十本の羽を購入することができた。ネオンは満足げに笑っている。

「やりきったわね」

「殆ど残金ないけど大丈夫？」

「そんな生活費かからないから大丈夫よ。シビルの予想が当たるなら、これからも徐々に値上がりしていくと思う。今安いうちに買わないと」

確かにこれからもどんどん上がっていくだろう。俺達は達成感に包まれながらヘニングを後にした。

その後デルクールでいつも通り商売を続けた。そうはいっても、新規で仕入れる金もないので商品は減る一方だ。それを見て、ネオンビル雑貨店が潰れるのでは？　と考える客も出たくらい。

「私達が買い占めて以来、デルクールでクラリオンバードの羽は出回ってない。やっぱり値上がりしそうね」

「だな。追加で購入できないのは残念だが」

「元々そんな現金は殆どないわ」

現状露店の売り上げも殆ど生活費である。

「今は待ちの時期か」

日に日にすかすかになっていく店を見て、イヴも不安になったのか、会うたびに大丈夫か聞いてくるようになった。

「本当に大丈夫なの？　商品も並べられないなんてまずいんじゃ？　何か手伝えることない？」

「イヴ、ありがとう。でも大丈夫だよ。心配しないで？」

「ならいいんだけど……。だって商売初めてなんでしょう？」

その気持ちは嬉しいが、まさか売れると思った商品を買い占めて金がないとも言えない。イヴが誰かに喋るとは全く思わないが、これはネオンとの共同事業だ。それをペラペラしゃべる訳にもいくまい。

「大丈夫だって。俺を信じて」

「うん。ごめんね」

イヴは心配なのか商品を一つ買って去っていった。本当に優しい人だ。必ずお礼をしなければ。

そして遂に二週間後、誰もが羽の値段が跳ね上がっていることに気づき始める。商人ギルドでのクラリオンバードの羽の買取価格が、二万五千Gになっている。実に五倍である。

その情報を知って、ネオンもご機嫌である。

買取価格が公表されている掲示板を見ていると、受付嬢から声がかかる。

「少しお話がありまして。実はネオンビル商会さんが持っている商品のことなんですが」

来たか。俺達は商品を商人ギルドに預けている。この急騰ぶりを見るに早急に商品を手に入れたいのだろう。

「はい」

「クラリオンバードの羽をこちらで買取させていただきたいんです」

「すみません、お断りさせていただきます」

ネオンははっきりと告げる。

「我々は情報をしっかりと仕入れてから手に入れています。この程度で売る気はありません」

なんというハッタリ！　中々堂に入った態度である。

「中々良い情報網をお持ちですね……。気が変わったらいつでも言ってください」

受付嬢も購入できるとは思っていなかったのだろう。すぐに引き下がって去っていった。

更に三日後。商人ギルドに買取価格を確認しに行くと、三万五千Gになっていた。七倍だ。

「ネオンビル商会の方か。少し奥に来てくれないか？」

今まで見たことのない眼鏡をかけた長身の男が声をかけてくる。俺とネオンは頷いて男に連れられ別室に案内された。

綺麗なソファに座らされると、男は腕を組みこちらを見つめる。

「単刀直入に言おう。そろそろ売ってくれてもいいんじゃないか？　今が売り時だろう」

男が真面目な顔で言う。

「まだ売るつもりはありません」

「商人は欲を出しすぎると痛い目にあうぞ？　君達は若いから分からないかもしれないが、まだ上がると欲の皮が張った結果、数分の一まで急落した商品はごまんとある。これは先輩からの忠告でもある」

確かに、男の言うことは一理ある。どこまで上がるか分からない場合には、だが。俺達はまだ上がることを知っている。ここは売り時ではない。

どう返したものやら、と考えているとネオンが立ち上がる。その目はとても澄んだ目をしていた。

「先輩のご忠告には感謝をしておりますが、私の商人の勘がまだ上がると言っています。なので、まだ売るつもりはございません」

ネオンははっきりと啖呵を切る。

メーティスの情報なのに、なんて堂々と嘘をつくんだ……。素直に感心する。

ネオンの様子を見て、男は大きく息を吐く。

「ふう……。若いが中々自分に自信があるようだな。今日は諦めよう。さっきはああ言ったが、まだ上がるだろうと、俺も思うからな」

男はそう言って笑う。やはり熟練者はこの伸びからまだ先があると分かるものなのだろうか。

俺達は丁重に礼をした後、商人ギルドを後にした。

ギルドから出てしばらくすると、ネオンは緊張していたのか、大きく息を吐いた。

「はぁー、思いっきり言っちゃったよ！　これで間違ってたら大恥だねえ」

と顔をくしゃりとゆがめて笑った。言葉ではそう言いつつも、俺のスキルを信じてくれているのが伝わってくる。

「メーティスさんを信じろ。大予言師だぞ」

「そうね。今までずっと助けてもらっているもの。今回も……。あと何日後がピークなの？」

「確か、四日後だ」

「それにしても本当にぶっ壊れスキルよね。商人なら商品のピークがいつか、常に知りたいと思っているものなのよ。それはどんな熟練の商人でも完全に読むことはできないんだから」

「まあねえ。ギャンブルでも最強だぞ、きっと。イカサマ疑われそうだけど」

「でしょうね。百パーセント当ててくる奴なんて、イカサマとしか思えないもの」

俺達はのんびり話しながら、四日後を待つことにした。

そしてその当日、商人ギルドを訪れる。買取価格が張り出されている掲示板を見て、他の商人もざわめいていた。

「おいおい、遂に十倍だってよ」

「クラリオンバブルだな。いつまで続くんだろうか？」

「今からでも参戦すべきか？　このまま二十倍になるかもしれねえぞ」

この大暴騰を見て、参加すべきか悩んでいる商人も多いようだ。何の商品もそうだが、誰もが買おうか悩み始める頃には一流の商人は既に売っているものだ。多分。

俺達の姿を見つけた、先日話した男が声をかけてくる。

「今日こそ良いお返事を頂けるんで？」

前回の鉄面皮と違って、ニヒルな笑みを浮かべている。どちらが素なのだろうか。

「それはそちら次第ですね」

「なるほど。こちらへ」

男に案内され、俺達は再び別室に向かう。それを見ていた商人達がこそこそ話し始める。

「あれは、この間のキノコ博士じゃねえか」

「クラリオンバードの羽も買い占めていたのか。なんという洞察力……！」

「王都の博士ってのは伊達じゃないな」

こうやって嘘が広まっていくのだろうか。

俺達は再び別室で対峙する。前と違うのは、少し男の表情が柔らかいことだろうか。

「現在の買い取り額は一枚五万二千Gです。で、どうされますか？」

それを聞いて、俺達は互いを見た後頷く。

「『全て買取でお願いします』」

「かしこまりました。助かりました。これ以上売ってもらえないと、クビになるところでしたよ」

そう言って、男は笑う。

「クビということは、貴族からだいぶ突き上げを食らっていたようですね」

「ご明察です。既にご存じでしょうが、貴族でクラリオンバードの羽を使った帽子や衣装が流行ってましてね。生産が全く追いついていなかったのですよ。元々そこまで数のある素材ではないですからねえ。本来このくらいの金額で、特別に交渉はしないんですが、事情が事情なので声をかけた訳です」

ようやく手に入って安心したのか、内情を話してくれた。確かに俺達は隣町の羽まで買い占めたため殆どの羽が俺達の手元にあったのだろう。

「ご迷惑をおかけしました」

悪いことはなにもしていないのだが、一応謝っておこう。

「まだ若いのに、良い情報網をお持ちですね。有望な商会が出たことはギルドとしては嬉しい限りです。売り時も素晴らしい。おそらく明日以降は下がると私は予想しています。ここら辺が売り時ですよ」

その言葉を聞いて、むしろこちらが感心した。その予想はメーティスの見立てと同じだからだ。

「ふふふ、これから帝国一の商会になるんだから、覚えておいて損はないわ！」

ネオンが堂々と言い放つ。

「楽しみにしています。合計金額は、端数を切り上げて二千三百万Gですね。白金貨でお支払いもできますが、どうなさいますか？」

分かっていたが、その大金に驚いてしまう。二千三百万G。この間まで十万Gしかなかったのに、既に数百倍だ。

「金貨で大丈夫です」

呆けている俺の代わりにネオンが返事をした。横を見ると、顔はにやけている。まだ完全なポーカーフェイスは俺達には難しいらしい。

「かしこまりました。既にご用意してあります」

男がそう言うと、扉から女性が大きな革袋を持ってきた。自らの手で持ってみると、ずしりとした重みが革越しからも伝わってくる。これが、金貨二百三十枚の重さなのだろう。

俺の頬も自然と緩んでしまう。これはスキルを使ったとはいえ、俺達が稼いだ金なのだ。だが、俺達も商人だ。室内で大喜びはするようなことはせず、礼を言って、ギルドを出た。

だが、ネオンはもう我慢の限界だったらしい。ギルドから出ると、すぐさま俺に思い切り抱き着いてきた。

「やったわ！　遂に二千三百万Gよ！　これたけあれば、本当に小さな店も建てれるかも！　ありがとう、シビルのお陰だわ！」

ネオンは目が僅かにうるませ、幸せそうに笑っている。通行人もその様子を微笑ましげに見つめている。

「ネオンが頑張って、色々な場所から買ってくれたおかげだよ。遂にここまで来たな！」

「うん！　これからもどんどん稼ぐわよ！　よーし、もう少しだけいい宿に泊まりましょう！　あの宿、ちょっとベッドが固いのよね」

「早速使って大丈夫なのか？」

「大丈夫、勿論節約はするわよ！　私に任せなさい！」

ネオンはご機嫌で鼻歌を歌いながら新しい宿に向かう。新しい宿はその佇《たたず》まいだけで今までより良い宿であることが分かった。

「すみません、一泊お願いできますか？」

中に入るとネオンが、受付をしている女将に声をかける。女将はこちらをちらりと見る。

「はいよ。一部屋でいいかい？」

「別――」

「一部屋でお願いします」

話している途中で、ネオンに遮られる。

「あいよ。一部屋一日九千Gだよ」

「はーい」

俺を置いてどんどん話だけが進んでいってしまった。鍵を受け取って、先に進むネオンに声をかける。

「どういうことだ？」

「二部屋じゃ高いでしょう？　お金節約しないと、ってさっき話していたばかりじゃない」

「だが、男女二人が一部屋っていうのも……」

「何言ってんのよ。信用してるわよ」

と無邪気な顔で言われた。こう言われると否定もしづらい。

「分かったよ。まあこの宿で一人一部屋も贅沢だしな」

これまでの行動で、ネオンの信頼はどうやら勝ち取れたらしい。それが嬉しかった。俺達はその夜、飲み屋で祝杯をあげた。

その日食べたステーキは頬が落ちそうなほど美味しく、俺の忘れられない大切な記憶になった。

◇◇◇

その日、近くの湖で釣りをしていた老人が行方不明になる。身寄りがなかったため、その事実に気づかれたのは事件があってから二週間以上先の話になる。湖の近くではただ血だまりだけが残っていて、原因が判明するのは更に数日後であった。

ロックウッド領内のとある村。小さな家がぽつぽつと点在しており、土地の多くが畑である。当然村にいる者も皆農民であり、日々汗をかき働いている。その農民達が、鍬《くわ》を置き話し合っている。顔はどこか暗くとても明るい話をしているようには見えない。

「長男のシビル様、国から追い出されたらしいだね」

「当主さんの話だと、税金の着服？　ってのをしてたらしいけど、本当だかねえ。税金も下げてくれたし、あの人の嵐の予報は本当に当たるから助かってたんだがなあ」

シビルは税金の着服という汚名を着せられていた。

シビルはメーティスを使い、農家にとって死活問題である嵐をあらかじめ予測し、村に伝えていた。

それでも被害が出た場合、手厚い補償を行っていた。

「分かる。皆、予報を信じて動いてたもんな」

「あの人が消えてからもう嵐も分からねえし、税金も上がっちまったなあ」

「やっぱり次男が駄目なのかねえ」

「有能な兄を蹴落として、とはひどい話だよ。帰ってきてくれねえかなあ」

ロックウッド領の兵士達からの評価と違い、農民達からのシビルの評価は非常に高かった。今までの領主と違い、下のことを考えた政治を行っていたのだから当然と言えるだろう。

領内では少しずつ着実に、政治に不満が出始めていた。最近まで良かったので、なおさらだろう。特に農耕事業が途中で止められた村の不満は大きかった。

ロックウッド家の敷地内ではある男が鍛錬を行っていた。剣の速さは凄まじく、常人では目で追うことすらできないだろう。だが、どこか剣閃《けんせん》は荒れており、斬られた藁《わら》人形は荒々しい斬り口をしていた。

「あの臆病者が……とっとと死ねばいいものを……」

憎々しげに呟くと、藁人形を思い切り蹴り飛ばした。この男こそ、ハイル・ロックウッド。シビルの実弟である。綺麗な金髪を下ろしており、その相貌は整っている。大きな青い瞳に、筋の通った高い鼻はとても絵になった。だが、とても邪悪な顔つきが、整った顔を台無しにしている。弟だけあって、顔自体はシビルによく似ていた。

「農民に媚を売って、人気取りたあ……弱いあいつらしい」

昔からハイルはシビルを見下していた。三つ下である自分より弱い。昔からロックウッド家では力こそ全てと教えられてきた。そのため自分より弱いシビルが次期当主になるなど彼からは考えられないことだった。

正直、追放など手ぬるい、処刑すべきだと考えていたが流石に弱いだけで処刑は外聞が悪いことは分かっていた。そのため配下に暗殺を命じた。だが、結果は失敗。

その上、農民の中ではシビルが当主になることを望む声があることにも気づいていた。

「無能共はこれだから……。馬鹿なことを言った農民共は一人残らず殺してやる」

歪んだ笑みを浮かべたハイルが、館の中へ消えていく。この処刑は農民達の更なる反感を生むことになる。

◇◇◇

あの大儲けから一週間、それ以降はいつも通りの日常が待っていた。今までのように隣町から商品を買い、露店で売っている。最近はネオンも少しずつ目利きができるようになってきて、俺の出番がいつかなくなるんじゃないかと、怯えている。

今日は一人で隣町へニングで商品の仕入れにやってきた。すると、綺麗な白いグローブが販売されているのが目に入った。見た目からして高そうな品である。お値段も七銀貨。

『この商品は売値の倍以上の価値がある？』

『イエス』

どうやら掘り出し物のようだ。だが、これを見た瞬間浮かんだのは、イヴの顔である。以前見たイヴの手は、白く美しかったが指は鍛錬により傷だらけであった。以前助けてもらった上に、商品まで購入してもらっているのに、まだ何も返せていない。

結局俺はイヴへのお礼としてそのグローブを購入した。後でメーティスさんに尋ねたところ、どうやら握る武器が僅かに軽くなる効果が付与されているようだ。威力が下がるのか心配したが、それでいて攻撃の重さ自体は変わらないらしい。

露店が休みの日、プレゼントを渡すためイヴを探す。すると、通りを見回っているイヴを発見する。俺を見つけると、手を振って駆け寄ってきた。

「おはよう、シビル。この間露店に行ったけど商品が増えていて良かった！　日に日に減っていく商品を見てると不安だったから安心したよー」

と無邪気に心配してくれる。

「これでもやり手の商人ですから」

と返す。実際俺の商人としてのスキルは微妙の一言だが、まあそれはいいだろう。俺は手に持っていたグローブを入れた袋を差し出す。

「これ、この間助けてくれたお礼。今まで何もできてなかったから、是非貰って欲しい」

「えっ⁉　嬉しい！　ありがとう！」

嬉しそうな顔で素直に受け取ってくれた。中からグローブを取り出すと、にっこりと笑う。

「綺麗なグローブね！　うん、ぴったり！」

グローブを身に着け、レイピアを構える。そして、流れるような美しい所作で、突きを放つ。

「武器を軽くする効果が付加されている。けど一撃が軽くなった感じはしない。高かったんじゃない？」

一瞬で効果が分かったのか。

「いや、偶然掘り出し物を見つけたんだ！　だから遠慮なんてしないで！　イヴには助けられてばかりだから受け取って欲しい」

「そう？　ありがとう！　とっても嬉しい」

その笑顔だけで、プレゼントの元が取れたと言えるだろう。それほど可憐な笑顔だった。

「けど、貰いっぱなしは……。そうだ。今日は昼までなの！　その後、おすすめの店でご馳走するね！」

「いや、そんな。これはお礼だから気にしないで……」

「私との食事は嫌？」

と悲しそうな顔で言われる。これは断れない。

「嬉しいよ。ありがとう」

「良かった！　じゃあ、昼過ぎに、鐘の下で待ち合わせね！」

なんとプレゼントを贈ったら、美少女とのお出かけが決まっちまったんだ。女の子と出かけるなんて初めてだから何をすればいいかなんて分からん。ネオンとは仕事仲間だしなあ。プレゼントさっき初めてしたばかりだし……うーん。なるようになるか。

俺は思考を放棄し、お昼を待った。

デルクールでの鐘といえば、中央広場の大鐘を指す。広場の下でイヴを待っていると、白い綺麗なワンピースを着たイヴが駆け寄ってきた。その姿は貴族の令嬢のように、上品さと美しさを兼ね備えていた。周りに居た男が皆、イヴを見て振り返っており、自分が釣り合っているのか少し不安になる。

「遅れてごめんね！」

「全然、さっき来たとこだよ」

「そう？　じゃあ早速行きましょう！　とっても美味しいから期待していてね！」

そう言って、イヴに連れられ、大通りから少し離れた小さなお店に辿り着いた。小さなお城のような、白い漆喰で塗られた落ち着いた店だ。イヴにとても似合うだろう。

店に入ると、初老の上品なお爺さんが出迎えてくれた。白い口髭が綺麗に整えられている。

「おや、イヴさん。今日はお連れ様がいらっしゃるようですね」

そう言って、お爺さんがにっこりと笑う。

「はい！」

「こちらへどうぞ。すぐにメニューをお持ちいたします」

そう言って、窓側の席に案内される。店内も綺麗にされており、少し高そうな雰囲気を感じる。

「ここ、とっても美味しいけど、お値段は手頃なんだよ！　おすすめは、このレイン牛の赤ワイン煮込みのランチかな」

お爺さんから差し出されたメニューを見ると、千Gと少し程度で食べれそうだ。三千Gはしそうな雰囲気だが、確かにお手頃といえる。

「じゃあ、それにしようかな」

「うん。レイン牛のランチ、二つお願いします」

イヴがお爺さんを呼ぶと、てきぱきと注文をこなす。

「楽しみだ」

「楽しみにしてて。とっても美味しいの！　それにしても、ここに来て数ヶ月で露店まで開いちゃうなんてシビルは凄いねー」

「正直、俺は目利きしかできないから販売は頼りきりなんだ。だから、商人としては……」

「けどがんばってるんでしょう？　目利きだけでも凄いよ！」

イヴからの素直な称賛が面映ゆい。

話していると、ウエイターがランチを持ってきた。皿から美味しそうな匂いと湯気が立っている。とても食欲をそそる匂いに喉が鳴った。

赤ワイン煮込みのスープを口に入れると、その濃厚なレイン牛の旨味のしみ込んだ味わいに頬が落ちそうになる。

「う、美味い！」

自然と口から出てしまった。

「でしょう！　レイン牛もじっくり煮込まれてとても柔らかくて美味しいよ」

レイン牛を食べてみると、柔らかく、噛むとほろりと溶け旨味が口内に広がった。

「流石、イヴ。良い店を知ってるね」

「そう言われると照れるよー。ここのオーナーさんは元々帝都の有名店で修業してたんだって。地元に戻ってきて、この店を建てたみたい」

この美味しさも納得である。

「この綺麗な店も似合ってるね。今日の姿だと、貴族のお嬢様みたいだ。勿論凛々しい騎士団のような格好も似合っているけど。そう言えば、イヴだけデザインが違うね」

警備している他の兵士と違い、イヴだけ白を基調とした騎士服を着ていた。初めは女性だからかと思っていたが、どうやら他の女性兵士とも格好が違う。

「そっか、シビルは他国から来たから知らないんだね。この服は帝国騎士団の服装なの」

帝国騎士団ということは、イヴは帝都を守る皇帝直属の騎士団である。すなわちエリート。この町にいる他の兵士はデルクールを管理する領主の兵。違う所属だったのか。

「なるほど。だからあんなに強かったんだね」

「私は実力で入った訳じゃないから……。親が貴族なの」

そう言って、少し悲しそうな顔をする。これは地雷を踏んでしまったのかもしれない。だが、あの魔法を見る限り実力もあるように思える。

「素晴らしい技だったよ！　それで俺は救われたし、きっとこれからも色々な人を救える素晴らしい腕だと思う。貴族かどうかなんて関係ない。俺が救われたのは、ここにいるイヴなんだから」

俺の言葉を聞いて、にっこりと笑う。

「優しいね。けど、私じゃ勝てない魔物や、人もいるからねー」

今度は冗談っぽく言う。

「そしたら、今度は俺が助けるよ！」

「ふふ、ありがとう。けど、ならもうちょっと強くならないとね」

と小悪魔のような笑みを浮かべる。とても可愛いが、痛いところを突かれてしまった。やはりもう少し剣を学ぶべきなのかもしれない。

「が、頑張ります」

「うん。私も今は赴任してるここで精一杯頑張って、領民の皆を守れたら、って思う」

それにしても貴族の娘であるなら、なぜイヴはここに赴任しているのだろうか。俺の国でも貴族の子供達が王国騎士団で鍛錬を積み、箔《はく》をつけるということはあった。だが、国の有力者達は通常王都からはあまり出ない。王都の方が安全だからだ。帝国では違うのだろうか。

「イヴならきっと守れるよ」

だが、あまり深く聞くのもどうかと思った俺はそれ以上触れなかった。

その後も、イヴに連れられ町の色々な場所に向かった。イヴは色々な人を助けているのだろう。多くの人に声をかけられていた。

「今日はありがとう、イヴ。とても楽しかった」

「良かった！　これからもお店頑張ってね」

日が暮れ始める頃、彼女とのお出かけは終わりを迎えた。上手くできたかは分からないが、楽しかった。彼女も少しでも楽しんでくれていたらいいな、とそう思った。

翌日、通常通り営業していると、どこかに行っていたネオンが屈強な剣士達を連れて戻ってきた。

いったい誰なんだい？

「シビル、この人達は前言っていた知り合いの元傭兵のディラー。もしこれから本当に店を持つ時が来たら警備員としてお世話になることもあるかもしれないから紹介しておくわ」

そういえば、護衛の伝手があるって前言ってたような。俺のスキルがあればあまり護衛が要らないから、まだ会ったことがなかった。

「よう大将。俺の名はディラー。元傭兵で、今は護衛などをしている。ネオンさんから話は聞いてるぜ。たいそう目利きが上手いんだってな、護衛が必要になったらよろしく頼む」

ディラーはそう言って、手を差し出す。俺はその手を取り握手をする。その握った掌から、剣を未だに振っていることが分かった。年齢は三十代後半くらいだろうか。無精ひげを生やしているが、中々の男前である。男の渋さというのだろうか、風格が感じられる。

どうやら元傭兵の五人で護衛をしているらしく、ディラーはそのリーダーのようだ。特にディラーは中々強そうだ。

ディラーが帰った後、ネオンに尋ねる。

「店を持つのは、まだ先って言ってなかった？」

「そうだけど。先に顔合わせくらいしておいた方がいいでしょう？　お店はこのままいけばもうすぐ持てそうだけど、現状は安定した仕入れ先がないし、伝手もそこまでないのよねえ。なんの店にすべきか、まだ悩んでるのよ」

「確かに。現状なんでも屋だからな」

掘り出し物を買って売っている都合上、商品のジャンルが安定していない。露店ならともかく、しっかりした店でなんでも屋の形式をとっているところは珍しい。

「まあ、まだお金ももう少し必要だしその間に考えましょうか」

「そうだな」

しばらくはこの形式で稼ぐことになるだろう。割と順調なのだ。

それから二週間後、ネオンビル雑貨店は安定して稼いでいる。安定しすぎていると言ってもいいくらいだ。特にトラブルもなく、平和そのものだ。

「平和だねえ」

昼頃、客足が途切れた時、思わず呟く。

「良いことじゃない」

「ネオンは店を正式に持つなら警備を雇うかもって、言ってたけどこんな平和な町に必要かね？」

「平和だとは思うけど、警備を雇っているという抑止力が欲しいのよ。まあ、売る商品によるから要らない可能性もあるけどね」

「それもそうか」

宝石とか扱ったら必要な気はする。けど、デルクールはやはり平和なイメージが強い。あの壁に守られているのもあるのかも。魔物一匹侵入してこない。

「そういえば、二日後いつもと違う町であるダブロンに仕入れに行こうと思うの。安全か聞いてみて？」

「了解」

『二日後、ダブロンへ向かうのは危険？』

『イエス』

駄目なのか。

『三日後、ダブロンへ向かうのは危険？』

『イエス』

『四日後、ダブロンへ向かうのは危険？』

『イエス』

ん？　何かおかしくないか？　常に危険ってことか？　メーティスさんがおかしくなった、ってのはないだろう。

嫌な予感がする。

『一週間後、ダブロンへ向かうのは危険？』

『イエス』

外が危険ということか？

『二日目以降デルクールから出るのは危険？』

『イエス』

やっぱり……。

『襲ってくるのは魔物？』

『イエス』

『デルクールが襲われる？』

『イエス』

『中に居れば安全？』

『ノー』

その言葉に、俺は小さく背に汗をかいた。嫌な汗だ。背筋が冷たくなる。安全だと思っていた場所が危険地帯だと突如知らされる恐怖。

最近平和ボケをしていた。もっと安全について逐次確認しておけば……。だが、後悔をしている暇はない。二日後にこの町は襲われるのだ。おそらくここは陥落する。安全とは程遠かった。

2章 迫り来る危機

Chapter. 02

fuhai no ZAKO shogun

「どうしたの？　顔青いよ？　そんなにダブロンへの仕入れが危ないの？　やめておく？」

俺の様子がおかしいことに気づいたネオンが心配してくれる。

「えっ、と。仕入れが危ないんじゃなくて……」

何から説明すればいいか分からない。俺はパニックになった。

「落ち着いて。ゆっくりでいいから」

パニックになっている俺の両肩に触れ、落ち着いた口調でゆっくり話してくれている。ネオンの対応に、俺も落ち着いてきた。

「ネオン。簡潔に言うと、この町が魔物に襲われるようだ。しかもこのままだと陥落する可能性が高い」

「えっ⁉　どうして仕入れでそんなことが分かったの？」

ネオンも驚くも、さっき落ち着いてと言ってた手前、動揺を隠す。

「二日目以降、常に町を出るのが危険と出た。おそらく二日目以降この町は魔物に襲われ出られなくなる。何に襲われるのかはこれから絞っていく」

「そ、そうね……」

ネオンもそれを聞いて、色々考え始めた。

『襲ってくる魔物はA級以上の魔物？』

『ノー』

『B級の魔物？』

『イエス』

A級じゃないのが不幸中の幸いだが、B級か。この町のトップ冒険者がC級。しかも一組のみ。かなり不味いんだろうな。

『群れで襲ってくる？』

『イエス』

おそらくB級を筆頭とした魔物の群れが大挙するのだろう。

「ネオン、B級魔物らしい」

「B級⁉　嘘でしょう？　この町にB級魔物に襲われて耐えられる戦力なんてないわよ⁉　どうして……？　だけど、まだ時間はある。金も商品も全部持って今すぐ逃げれば……」

ネオンはぶつぶつと呟き始める。

「ちょっと冒険者ギルドに行って、情報を集めてくる」

「わ、分かったわ。私も色々準備しておくから」

すぐさま、冒険者ギルドに向かう。全力疾走でギルドに辿り着くと、勢いよく扉を開ける。少し視線を集めるも、窓口に向かった。

「た、大変だ。魔物が大挙してこの町に来る！」

「ど、どういうことですか？　いったいなんの魔物が？」

俺の言葉を聞き、受付嬢が驚きつつも聞き返す。

「それは分からないが……。Ｂ級魔物がこの町にやってくるんだ」

「分からないって、どういうことですか？　なぜ貴方は分かるんですか？」

途端に受付嬢の俺を見る目が、胡散臭い人を見る目に変わってしまう。パニックで言葉が足りなかった。

「俺のスキルで……分かるんだ。この付近に出るＢ級に心当たりはないか？」

「デルクール付近にＢ級なんて強い魔物は出ませんよ。Ｂ級なんて帝国の軍隊が出てくるレベルです。最後に出たのは五十年以上も前。グランクロコダイルという魔物です。全長八メートル以上で、鋼のような鱗を纏い、四つの目に六本の足。当時は、赤鰐を大量に連れて町を襲ったようで、大量の被害が出たようですが、最終的には討伐されたと聞いています」

『来るのはグランクロコダイルか？』

『イエス』

「そいつだ！　グランクロコダイルが出る！」

「はあ。ですが、目撃情報もないのに、動いたりできませんよ。スキルで分かるということは、危機察知系のスキルですか？」

危機察知系のスキルとは、危険を肌で感じられるスキルである。冒険者でもたまに持っている者がいるが、その察知範囲は人によって様々だ。

「俺のスキルは『神解』といって——」

あまり話すつもりはなかったが、メーティスについても受付嬢に説明する。半信半疑ではあるものの、少しは信じてくれたと信じたい。

「固有《ユニーク》スキルですか……。上には報告は上げておきます。ですが、そのスキルだけで避難勧告を出したりはできませんよ？　一市民が言う、危険が二日後に来るという情報だけで皆を町から出すなんてできません」

受付嬢の言うことも分かる。俺には信頼がないのだ。だが、このままじゃこの町が危ない。

「魔物が来たら速やかに避難できるように、あらかじめ準備をしておくだけでも違うはずです。どうかよろしくお願いします」

俺は頭を下げる。これ以上言ってもつまみ出されるだけだろう。自分の立場が歯がゆかった。

「分かりました」

冒険者ギルドを出る。何が来るか分かったのは大きいが、避難させることもできないだろう。結局皆を救うことはできそうにない。領主に会うか？　そもそも会えるとも思えない。いきなり、魔物が来るから町を出ろ、根拠は俺のスキル、なんて怪しすぎる。

俺は皆を救う勇者ではない。

だが、俺が救わないといけない人はいる。ネオンとイヴだ。

「イヴに伝えないと……！」

この時間帯なら、大通り付近を見回りしているはずだ。俺は大通りを走り回り、イヴを探す。

少しして、美しい金髪を靡かせ歩いているイヴを見つけた。

「イヴ！　今すぐ町を出よう！　二日後、グランクロコダイルというB級魔物がこの町を襲ってくる。ここは危険だ！」

俺の切羽詰まった雰囲気を感じ取ったイヴが困惑する。

「えっ？　どういうこと？　ちゃんと話してくれないと分からないよ」

俺のスキルのこと、魔物達がこの町に襲ってくることを伝えた。イヴはただ俺の話を聞いてくれている。

「俺のスキルが、本当に『神解』か証明してみせる。俺が知らない情報で、イエスかノーで答えられる質問をしてくれないか？」

「えっ？　えーっと、私の年齢は十六？」

「イエスだ」

俺の返事を聞いたイヴが驚いた顔をする。

「私の実家は、グランデル子爵家？」

「ノー」

「ノースガルド伯爵家？」

「イエス」

俺の返事を聞いたイヴがこのことも知ってるんだ、と呟く。

「私は左太ももに小さなほくろがある？」

イヴは少し顔を赤くしながらも尋ねる。

「イエスだ」

「じゃあ、私に恋人はいる？」

顔を真っ赤にしながらイヴは俺に尋ねる。

「えっ……の、ノー」

それを聞いたイヴが顔をふくらませる。

「合ってるけどー！　断言されると悲しいよ！」

「いや、別にいないだろうって思った訳じゃないから！」

「まあ、私が聞いたんだから良いんだけど。それにしても本当にイエス、ノーなら何でも分かるんだね。ほくろのことなんて、誰も知らないし。私は信じるよ」

イヴは少し驚くも、信じてくれた。

「ありがとう、イヴ！　なら早く逃げ――」

イヴは右掌を俺の前に差し出して、顔を振る。

「ごめんね、シビル。貴方だけ逃げて」

「やっぱりこんな怪しいこといきなり言われても困るよね」

やはり信じてくれてないのだろうか。だが、ここはなんとしても信じてもらわないといけない。

「違うわ。貴方が本当のこと言ってるのは全く疑ってなんてない。魔物はきっと来るんだと思う。でも私は逃げられない。騎士団では疎まれて今はこの町に飛ばされてるけど……私は騎士だから。領民が居るのに逃げる訳にはいかないわ」

　優しくもはっきりと言われてしまった。

「そっか……」

　どこか彼女ならそう言うかもしれないとは思っていた。

「シビルは逃げて。せっかく商人として頑張ってるんだから。ここじゃなくてもあなたならやれるわ」

「イヴ……。どうか命だけは。無理だけはしないでくれ」

「ありがとう」

　無理をしないとは言わなかった。きっと彼女は命がけで領民を守るんだろう。彼女はそういう人だ。だが俺は逃げて欲しかった。

　無理やり逃がす訳にもいかないので、後ろ髪を引かれつつもイヴと別れ露店に戻る。露店の商品は全て片付けられており、屋台自体も既に分解が進んでいた。

「おかえり、シビル。はやく用意を終えて、隣町であるダブロンに逃げるわよ。まだ商店の契約をしてなかったのが、幸いだったわ。してたら大損。商品も全部持っていけばいいし、護衛としてディラー達を連れていくわ。既に話はつけてある。夜には出るから。町が破壊されたら、おそらく町民もダブロンに流れ込む。それまでに食料を買い込むわよ」

　既に殆どの手続きを終えているらしい。素晴らしい対応の速さだ。

「えっ？　ああ、そうだな……」

「なによお、あんたが言ったんだからしっかりしてよ。本当に来るんでしょう？」

「ああ。間違いなく」

自分の言ったことを全く疑ってないことが嬉しかった。

これでいいのか？　俺の心には大きなしこりができている気がした。

だが、俺が残っても何もできないだろう。

「用意終わったら行くわよ」

「ああ……」

俺はネオンに促されるまま、逃げる準備を始める。荷物自体はそう多くないためすぐに終わった。

ネオンが借りてきた馬車に商品と、屋台の部品を乗せる。護衛であるディラー達も合流する。

「随分急な話だねえ。まあ俺達は金さえもらえりゃ護衛はしますよ。ダブロンまでよろしく頼むぜ、大将」

「こちらこそよろしくお願いします」

ディラーはまだ俺のスキルには半信半疑だろう。だが、仕事自体はダブロンまでの護衛だ。特に動揺もなく飄々《ひょうひょう》としている。

「じゃあ、もう行くわよ！」

ネオンの号令と共に、俺達はデルクールを出るため馬車を走らせた。

◇◇◇

イヴは領主が率いるデルクール軍の駐屯する施設に居た。先ほどシビルから聞いた事実をデルクール軍に伝えるためだ。

「危機察知系のスキルを持つ友人が、グランクロコダイルを筆頭とした魔物の群れが、デルクールを二日後に襲うことを予知しました。このままでは危険です。すぐに隣町と国に救援の要請を」

だが、イヴから話を聞いたデルクール軍の兵士の反応は芳しくなかった。その兵士はまだ若く、二十代前半だろうか。赤い髪を全て後ろになでつけるオールバックにしている。

「そもそも、情報は君の知り合いのスキルだけなんだろ？　そんなよく分からないスキルの情報を鵜呑みにして、軍を動かすことはできない。当たり前だろう。君は騙されたんだよ」

呆れたように言う。

「確かにこの場で証明は難しいかもしれません。ですが対処を誤るとデルクールの滅亡にも関わります。念のために対策だけでも……」

「我らデルクール軍はたとえグランクロコダイルが現れても負けることなどない。帝国騎士団である貴方から見たら弱く見えるかもしれないがな」

「そ、そんなことありません……」

帝国騎士団と地方の領主軍であるデルクール軍の仲は良くなかった。それは今まで赴任してきた帝国騎士団の兵の態度が原因であった。勿論イヴは対等に接していたが。

「なら、口出しはやめてもらおう。万が一、本当に出た場合はデルクール軍の勇姿をお見せしよう」

「分かりました。失礼いたします」

これ以上の説得は無理と判断したイヴはおとなしく礼をすると、席を立った。

イヴが去った後、先ほどの会話を聞いていた男の同僚が、オールバックの男に尋ねる。

「いいのか？」

「別にいいよ。帝国騎士団だからって、言うこと聞いてやる必要はない。だいたい俺は皇帝直下の奴等は嫌いなんだ。すぐこっちを見下しやがるし」

「だが、本当だったら……」

「馬鹿言うな。あの女の気を引こうとした馬鹿が嘘ついたんだろ。見てくれだけはいいから、あの女を連れ去ろうと嘘並べたのさ。ベッカー様には伝えなくていい」

ベッカーとはデルクールを統治する貴族の名だ。

「ならいいんだが」

結局イヴの言葉が、ベッカーに届くことはなかった。運が悪いことに、老人が赤鰐に池の近くで噛み殺されたという情報はここと違う施設に届いていた。その施設にイヴが話を持っていっていれば何か変わっていたかもしれない。

イヴは施設から出た後、フラフラとあてもなくさ迷いどこかの階段に座る。その顔は絶望に染まっていた。

「シビルのスキルが本物なのは間違いない。どうしよう、きっと本当にグランクロコダイルが襲ってくる。私だけじゃどうしていいか分からないよ。けど、領民を見捨てるなんてできないし。泣いてちゃダメよね。私がずっと頑張っていれば、お母様だって認めてくれるはず。そしたらお父様ももう一度私を抱きしめて……」

そう言って、涙を流すイヴ。イヴはシビルに話していなかったが、庶子の子だった。イヴの父は確かに伯爵だが、入り婿でノースガルド夫人側が力を持っていた。その父が使用人との子を作ってしまった。

それがイヴだ。引き取られはしたものの、ノースガルド夫人は浮気相手の子であるイヴを憎んでおり、邪魔者として帝国騎士団に放り込んだ。そして嫌がらせのため辺境の地であるデルクールに左遷した。

騎士団に入ってからは一度もノースガルド領に帰っていない。自分が頑張っていればいつか必ずノースガルド夫人も自分を認めてくれるだろう、とただ信じて鍛錬をしていた。

涙を流すイヴに声がかかる。

「どうかされましたかお嬢さん？　私でよければ相談に乗りますよ？」

その声はイヴの聞いたことのある声だった。イヴは顔を上げる。

「シ、シビル!?　なんでまだここにいるの？　早く逃げないと！　だってグランクロコダイルが……」

「言っただろう？　イヴだけじゃ勝てない魔物が出た時、今度は俺が助けるって」

シビルはにっこりと笑い、手を伸ばす。イヴは笑いながらその手を取った。

「もう……私より弱いのに。格好いいね。やっぱり男の子なんだ」

「当たり前じゃないか。この町を襲う命知らずの馬鹿に、人の強さを教えてやろう」

シビルはまだ諦めていない。たとえメーティスに勝てないと言われたとしても、男が立ち向かわない理由にはならなかった。

◇◇◇

ここで時は少しだけ遡る。イヴと会う前、俺は馬車を走らせていた。だが、足が、体が、逃げることを拒否するように固まっていた。

「ごめん、ネオン。俺は行けない。稼いだ金の残りは全部持っていっていい。俺はここで……やることがある」

俺は意を決してネオンに切り出した。馬鹿なことを言っているのは分かっていた。

「何言ってんのよ⁉ あんた自分が弱いこと知ってるでしょ！ ここに残ったってなんの役にも立たないわ！」

「それでも……何かやれることはあると思う。それを残りの時間で探そうと思う」

「……あの女が残るから？」

ネオンは眉を吊り上げて睨むように、そして少し悲しそうに尋ねる。

「ああ。彼女が残るのに、俺だけ逃げる訳にはいかない。たとえ役に立たなくても」

「知らない！ 勝手にすれば！ 損得だけで考えられないシビルは商人になんて向いてないわ！ ネ

オンビル商会はもう解散よ！」

ネオンが叫ぶ。その目には、涙が溜まっている。

「そうかもしれない。ごめんな、ネオン」

俺はただ謝ることしかできなかった。彼女は俺の弱さを知っている。自殺志願にしか見えないのだろう。

ネオンは再び馬車を走らせて行ってしまった。

「大将……。止めはしねえが、無理はすんなよ」

「ありがとう。ネオンをよろしく頼む」

「応よ。金額分はしっかり働かせてもらうぜ」

ディラーはにっこりと笑いながら、ネオンの後を追っていった。中々良い人だった。きっと彼なら無事にネオンをダブロンまで送ってくれるだろう。

正直言うと、怖くてたまらない。俺が勝てる訳がないのだ。現実の俺は勇者ではないただ変わったスキルを持つ男でしかない。

だけど、イヴを見捨てて逃げるという選択肢は取れなかった。命を助けてくれた恩人を見捨てて逃げた先に、幸せなどないのだから。

俺は震えた足を動かして、イヴを探す。

「い、いざという時は、イヴを引っ張って逃げれば……」

根が臆病なのは、簡単に変えられないのだ。

「これからどうすればいいかな？」

落ち着いたイヴが俺に尋ねる。

「そうだな……。やっぱり俺達がグランクロコダイルを倒すしかないんじゃないか？　デルクールにB級を倒せるような人っている？」

「居ないわ。B級以上を倒せる人って、途端に減るの。C級冒険者ですら、この町には一組しか居ないんだから」

「やっぱりそうなのか。実力で倒すのは不可能だし、何か策を練るしかない。とりあえず、弱点について聞いてみる」

「あ、スキルに聞くのね」

『グランクロコダイルに弱点はある？』

『イエス』

弱点自体はあるのか。助かった。

『弱点は物？』

『ノー』

『弱点は魔法？』

『ノー』

『弱点は武器？』

『ノー』

うーん。よく分からん。一体なんだ？

『弱点は部位？』

『イエス』

部位か。どこだろう。

『頭？』

『ノー』

『尻尾？』

『ノー』

違うのか。確か全身が鋼のような鱗で覆われてるんだっけ。じゃあ、内側？

『口内？』

『イエス』

正解か。グランクロコダイルが噛みついてこようと口を開いた瞬間を狙う。鋼のような鱗を破壊できるほどの魔法や攻撃はできないから、まあ妥当か。

「イヴ、弱点は口内らしい」

「硬い鱗を避けて、ってことね。分かりやすい」

「俺はこれから何かグランクロコダイルに効くような魔法や、道具について商人ギルドに聞いて回ろうと思う。イヴは冒険者ギルドに行って、情報を集めてくれないか？」

「分かったわ」

イヴと別れて、商人ギルドに向かった。

商人ギルドに入ると、何人かが声をかけてくる。

「博士一人とは珍しいな」

声をかけてきたのは、若い男の商人だ。最近は新進気鋭の商人として、ギルド内での俺の評判は中々高い。最近俺は商人ギルド内では博士と呼ばれている。そのためどこか敬意をもって接されていた。

「たまにはな。分かったらでいいんだが……B級魔物にも効くような魔法を出せる魔道具や、武器に心当たりはないか?」

それを聞いた男が笑う。

「なんだ博士。冒険者に転職するのか? B級魔物に効くような魔法を出せる魔道具なんて、デルクールには売ってないんじゃないか?」

やっぱりそうか。そんな兵器がここらに置いてある訳がない。では毒を使うか? だが、弱い毒じゃ効くまでにどれくらい被害があるか分からない。

口内に大きな一撃を与えられる何かを探すしかないだろう。だが、そんな物が平和なデルクールにあるとは思えない……。やはり無理なのか?

「なんだ、結構真面目に悩んでいるな。何かあったのか?」

話を聞いていた横の男も尋ねてくる。こちらは少しベテランで三十代後半の商人だ。

「俺のスキルは危機察知系のスキルなんだが、二日後グランクロコダイルがこの町に攻めてくることが分かった。だからなんとかして仕留める方法を考えてるんだ」

それを聞いた商人達は、皆驚いた顔をした。だが、馬鹿にするような顔をしていないのは、やはり博士という前情報のおかげだろう。

「それは……まじか。だが、そんな突拍子もない嘘をつく理由もない……よな」

「ああ。嬢ちゃんが居ないのは、それが理由か？」

「もう隣町に避難してもらった」

「なんでお前も逃げないんだよ。別に俺達は商人だ。逃げたって誰も責めないだろう？」

若い商人が言う。

「俺も逃げたかったさ。だが、逃げられない事情があるのさ」

「人間色々あるわな……。大した情報じゃないかもしれねえが、確か町のはずれに住んでいる錬金術師ゼガルが、まるで炎魔法みたいに爆発する道具を作っていると聞いたことがある。だが、偏屈で誰が行っても会ってすらもらえないらしい。金になりそうだ、と何人かの商人がそいつのもとに向かったが、結局会えず仕舞いだ」

それを聞いたベテランの商人が言う。

「俺も聞いたことがある。変わり者らしいな」

若い男も聞いたことはあるようだ。

『その道具はグランクロコダイルに通用する？』

『イエス』

これだ！　これなら通じる。俺の心に、小さな希望が宿る。

「そんな人がこの町に。是非会ってみたい！　場所を教えてくれ！」

「教えるのはいいが……本当偏屈らしいぞ。気を付けろよ」

ベテランの商人から場所を聞く。

「俺もダブロンに避難しようかね。どうせ用事もあるし」

「俺もだ。博士の言うことを笑い飛ばすのは簡単だが……商人はそういう情報こそ大事にするもんだ」

話を聞いていた何人もの商人は、半信半疑ながらもこの町を一時的に去ることを決めたようだ。

俺は二人に礼を言うと、商人ギルドを出た。

その後、イヴと合流し情報を共有する。

「こっちは特に役に立ちそうな情報はなかったわ。ごめんなさい」

「冒険者ギルドでは分からない、ってことが分かったから十分だ。他にあてもない。爆発する道具を作っている錬金術師とやらのもとへ行ってみない？」

「うん、行ってみよう！」

イヴは明るく笑う。この状態でも前を見てくれる人が横に居ることはありがたい。その優しさに報いるためにも、絶対錬金術師を説得してみせる！

と思っていた時期が俺にもありました。

「すみませーん！　ゼガルさーん！　この町に襲ってくる魔物を退治するために、貴方の力が必要なんです！　話を聞いてもらえませんか？」

教えてもらった場所に向かうと確かに聞いていた通り、町はずれに一軒家が立っていた。小さく丸い塔のような三階建ての建物だ。屋根は赤色で煙突からは煙が常に出ていた。扉を叩き、呼びかけるも返事すらない。

「すみませーん！　話を聞いてもらえませんか？」

イヴも声を張って、呼びかけてくれたが結果は同じであった。そもそも本当に錬金術師ゼガルはこの家にいるのだろうか？

『ゼガルはこの家の中に居る？』

『イエス』

やっぱり居留守か。

「興味半分で来た訳じゃないんです！　どうか話だけでも！　お願いします！」

俺は声を張り、必死で呼びかける。結局三十分以上声をかけ続けたが返事すらなかった。

「扉を破る？」

切羽詰まったイヴがレイピアを片手に言う。

『扉を破って、交渉した方がいい？』

『ノー』

当たり前だが、やっぱり駄目か。

「駄目だ。今それをすると、完全に決裂してしまう」

「だけど、時間もないわ」

「そうなんだよなあ」

じっくり扉の前で粘ることもできるが時間がない。魔物は明後日には来るのだ。諦めて他の道を探るか？　だが、通じるような物が他にあるか？　あったとしてもそれを二日以内に見つけることができるのか？

俺の顔が絶望に染まっていく。

「シビル、何もグランクロコダイルに効く物がこの人が作る物だけとは限らないわ。他にもきっとある」

イヴが俺を気遣って声をかけてくれる。

「ああ。その通りだ。仕方ない、他の手を考えよう」

仕方なく諦めようと踵を返すと、前方からお爺さんが歩いてきた。見たことのある顔だ。

「貴方は娘の形見を譲ってくれた商人の方じゃないか！　あの時は本当にお世話になりましたじゃ」

そう言って、お爺さんは俺に頭を下げる。彼は少し前に指輪を購入してくれた人だ。

「いえいえ、商品を売っただけなのでお気になさらないでください」

「本当の価値を知っていてあしてくださったのじゃろう？　お優しい方じゃ。それにしてもこんな町はずれになんで？　それに何かあったのかな？」

絶望が顔に出ていたのか、お爺さんに心配されてしまう。

「お恥ずかしい。実は――」

お爺さんに簡単に事情を説明する。

「そんなことが！　儂に任せて下され！　ゼガルのことはあいつが赤ちゃんの頃から知っておる！　話を通しましょう！」

お爺さんは自らの胸を叩く。

「あ、ありがとうございます」

お爺さんは、ゼガルの扉の前に立つと、大声で叫ぶ。

「ゼガル！　儂じゃ！　ノモスじゃ！　今すぐ開けんか！」

ノモスというお爺さんが扉を叩くと、中から騒々しい物音が突如聞こえてくる。しばらくすると、扉が開き男が顔を出した。

「ノモス爺。なんなんだ？　僕は忙しいんだよ」

目の下に隈のある不健康そうな長身の男である。眼鏡をかけ、髪は手入れを全くしていないのか爆発していた。白衣が不健康そうな見た目によく似合っている。

「この人は、娘の形見を儂に譲ってくれた恩人なんじゃ。手を貸してやって欲しい」

それを聞いたゼガルは少し顔を顰める。

「……分かったよ。話くらいは聞いてやるさ」

そう言って、中に案内される。中は想像通り泥棒が入った後のようにゴミが散乱しており、足の踏み場すら見つからないほどだ。

「相変わらず汚い部屋じゃ」

「放っておいてくれ。そこに座って」

物だらけの椅子に、物をどかして座る。机の上も薬品だらけだ。

「さっきも色々叫んでいたが、もう一度聞かせてくれるか？」

「はい。グランクロコダイルという魔物を倒すための道具を作っていただきたいんです――」

再度説明をゼガルにする。今日既に何回話したかすら分からない。話を聞いたゼガルが口を開く。

「なるほど。確かにおかしな点は見つからない。面白いスキルだ。信憑性も高い。結論から言うと、グランクロコダイルに通用する爆発物を作ることは、おそらく可能だ」

「本当ですか！」

イヴが大声を上げる。

「ちゃんと口内に全てを送り込むことができたら、の話だがな。なにしろ相当の量が必要だ。それこそこれくらいの大樽いっぱいに爆発物を詰めなければならない。それを口内に綺麗に投げ込む、というのは中々の難易度だよ」

ゼガルは近くにあった大樽を指さす。高さ一メートル以上はありそうだ。

「ですが、不可能ではありません。明後日までに作れますか？」

「……あらかじめ作ってある分も合わせたら間に合うとは思う。相当金が必要だがな。二百万Gは欲しい」

「二百万G!?　分かりました」

シビルが現在持っている金額が丁度二百万Gほど。殆どは去ったネオンに譲ったからだ。

「これは高価な素材を沢山使うんだ。それくらいはかかってしまうよ」

「大丈夫です、あります」

すぐに二十金貨を机の上に置く。

「おお。即金とは素晴らしいね。だが、時間的に一個しか作れない。失敗はできないぞ」

「分かりました。なんとか案を考えます」

「明後日の朝には完成させる。その後に取りに来てくれ」

「ありがとうございます！　本当に助かりました！」

俺は頭を下げる。なんとか首の皮一枚繋がったと言えるだろう。

偏屈と聞いていたが、あっさりと頼みを聞いてくれた。ノモスさんは凄い人なのかもしれない。

家から出た後、ノモスさんに礼を言う。

「ノモスさんのお陰で、ゼガルさんと話をすることができました。ありがとうございます」

「なに、少しでも恩人の役に立てたのなら良かったわい。それに、ゼガルは娘の友人でな。娘の形見を儂に譲ってくれた貴方に何かしたかったのかもしれん。偏屈じゃが、根は良い子なんじゃよ」

そう言って、ノモスさんは笑った。

「何かあったら、また言うてくれ。できる限りのことはしよう」

そう言って、ノモスさんは去っていった。

「なんとか希望が見えてきたね！」

イヴの声も弾んでいる。

「ああ。後はどうやってあの爆弾を口に入れるかだ」

「うーん。やっぱり襲ってきた瞬間に口に放り込むしかないんじゃ？」

「失敗できないからなあ。少しの間でも良いから口を開けっ放しにする道具はないかね」

正直、つっかえ棒しか思いつかない。二人で悩みつつ、町の中心街に戻る。

「巨大な棒を使って、口を開かせたままにするか」

『特注の棒を使って、口を一時的に開けたままにすることは可能？』

『イエス』

一応イエスではあるんだよなあ。簡単じゃなさそうだけど。

「グランクロコダイルの噛む力に耐えられる棒なんてあるかしら」

「うーん。特注するしかなさそうなんだよな。だが、金がない」

既に持ち金の殆どを使ってしまった。

「私も少しなら持ってるから！　それでがんばろ？」

「へい、大将。面白い話をしてるじゃねえか。俺も混ぜてくれよ！」

この声は。そう思い振り向くと、そこには傭兵ディラーの姿があった。

◇◇◇

時は少し遡り、ネオンが馬車でシビルと別れしばらくたった時のこと。ネオンは唇を噛みしめながら馬車を走らせていた。

その様子を気にかけたディラーが口を開く。

「なに、大将ならきっと大丈夫だ。便利なスキルも持ってる。本当に危険ならしっかり退くはずだ」

「それならどれだけいいか」

ネオンは溜息を吐く。しばらく無言の時間ができた後、ネオンは馬車を止めディラーに顔を向ける。

「ディラー、依頼変更いいかしら？　貴方には私の護衛でなく、シビルの応援をお願いしたい」

「おいおい、冗談でしょう？　本当にグランクロコダイルが来るのなら、自殺行為だ」

ディラーは苦笑いをしながら首を横に振る。

「本気よ。危険な分、依頼料は沢山払う。貴方ともう一人の応援で、五百万G。依頼内容はグランクロコダイルを討伐する、またはシビルを安全な場所まで逃がすことよ」

五百万Gといえば、平民なら数年は暮らせる大金である。この金貨をここで使えば、ネオンの夢は大きく遠のくだろう。

ディラーは本気で言っていることを感じ、しばし考えるしぐさを見せる。

「団長、いくら金もらえたって、危険すぎますぜ。おとなしく逃げやしょう」

部下がディラーに言う。

「勝てねえなら、逃がしてもいいんだな？」

ディラーがネオンに尋ねる。

「別に私は、この都市がどうなるかまで知らないわ。シビルさえ生きていれば、グランクロコダイルの生死はどうでもいい」

「分かった。その依頼。受けよう」

「団長、まじですか⁉」

「うるせえ。コリン、お前も残れ。きっと露払いが必要だ。残りはネオンさんを隣町へ」

「分かりました」

コリンと言われた男が了承する。

「ありがとう、ディラー。シビルは損得なんて気にしない。だからきっと商人なんて向いていなかったんだと思う。困っていたら、商品でも安く売っちゃうような人だもん。けど、彼は臆病だけど……いざという時に誰かのために動ける人よ。きっと、もっと強かったら英雄になれたかも、って思うくらいね。だから彼を助けてあげて」

ネオンが泣きそうな顔で言う。ネオンは自分が足手纏いにしかならないことを分かっているのだ。

ネオンはディラーに即金で五百万G分である五十金貨を手渡すとそれとは別に革袋を投げる。

「これは？」

「それはシビルに渡して。本気でグランクロコダイルと戦うならきっとお金が沢山必要になる。八百万G入ってるから、役に立つはずよ」

「分かった。彼に手渡そう」

「危険な依頼ですまないわね」

「傭兵稼業は元々命がけなもんだ。気にすることはない」

「頼んだわ」

ネオンとディラーはそこで別れた。ネオンは自分の無力さに苛まれながらも、馬車を走らせる。

◇◇◇

俺は突然のディラーの来訪に疑問を隠せなかった。なぜか後ろにもう一人ディラーの部下も控えている。

「どうしてここに？　ネオンは？」

ディラーが依頼を放棄するとは思えない。

「なに、ここは俺の故郷なんだ。故郷を守るために俺も少し頑張ろうと思ってな」

そう言って、ディラーは自分の顎髭を撫でる。

「ありがとうございます。ですが、十分なお金は支払えないんですよ」

「別に金なんていらねえよ」

「もう既にネオンさんに貰って――」

「コリン、余計なことを言うな、馬鹿！」

「いてえ！」

後ろに控えていた部下、コリンが口を挟むも、ディラーに殴られていた。コリンは、すみません、と呟きながらも後ろに下がる。

「もうばれちまったと思うが、既に代金は貰っている。だから遠慮せずに使ってくれ」

ネオンが俺のためにディラー達をこちらに残してくれたのだろう。ネオンと共に逃げなかったのに
……やっぱりネオンは優しいな。

最後もしっかり別れを言えなかった。この戦いが終わったら、また会いたいな。

「では遠慮なく。グランクロコダイルを倒すため、爆発物を手配しました。それを口内に投げ込む予定です。そのために今特注で棒を作ろうかなと。口を開いたままにできるなら何でもいいんですけど。何か伝手とかないですか？」

「棒？　どんなのだ？」

「長い鉄の棒で、口が閉じるのを塞ごうかと」

「グランクロコダイルともなると咬合力《こうごうりょく》は並じゃねえ。相当太くしねぇと駄目だな。そんな変な要望にも応えてくれる鍛冶屋に心当たりがある。今すぐ行くぞ」

「ありがとうございます。ですがお金足りるかな」

「ほらよ。ネオンさんからだ」

ディラーから革袋が手渡される。中には、八十金貨が入っていた。本当に半分俺のために渡してくれたのだ。律儀な人だ。残りは貰っていいと言ったのに。

「ありがとうございます」

「良い女だな」

別にそういう仲でもなかったが、ネオンが褒められること自体は嬉しかった。

「はい。行きましょう」

ディラーに案内されたのは、大きな工房である。中からは鉄を打つ音が聞こえてくる。

「オヤジ、ディラーだ！　急ぎの用がある！」

ディラーは中に入ると大声を上げる。すると、奥の方から小柄でがっしりとした体型のおっさんが現れる。ドワーフだ。

「久しぶりじゃねえか、ディラー。いきなり何の用だ？」

「実は明後日、グランクロコダイルが出る。それを殺すために、口を開かせたままにしたい。その道具が欲しい」

「い、いきなりなにを言って……マジなようだな」

ディラーの本気の様子を見て、本当のことを言っていると感じたらしい。

「グランクロコダイルの咬合力に耐えられるようなもんが必要だ。なんとか作れねえか？」

「おいおい、本物なら鉄の盾だって一瞬で曲げられるほどの力だぞ……。明後日なんて……うーん」

ドワーフのオヤジが伸びきった口髭を触りながら、何かを考える。

「ここなら色んな武器があるんだろう？」

オヤジは、しばらく考えた後、目を見開く。

「あれなら……なんとかなるかもしれねえ」

オヤジが不敵に笑う。

オヤジは棚から一本の赤い棒を持ってくる。確かに鉄の棒だ。だが、長さは三十センチメートルほど。明らかに長さが足りていない。

「これじゃあ明らかに長さが足りねえぜ、おやっさん」

悪い冗談を言うな、と言わんばかりの口調でディラーが首を振る。

「まあ話を聞け。これは伸鉄棒《しんてつぼう》という魔道具だ。魔力を流すことで長さが伸びる」

オヤジが魔力を込めると、その赤い棒の両端が急に伸び始めた。最終的には二メートルを超えるほどの長さになった。

「これなら短い状態で口に棒を入れ、中で伸ばすことも可能だ。最初から長い棒を口の中に入れるのは至難の業だ。グランクロコダイルの噛みつきに耐えれるよう、俺が残り時間で調整しといてやる。だが、どこまで持つかは分かんねえぞ」

オヤジが頭をかく。

「ありがとうございます！」

俺は頭を下げる。俺が考えるより、よっぽど良い案が出てきた。

「だが、これは結構いい値段するぜ？　高くて売れ残ってたんだからな。七百万Gだ。お前ら払えんのか？」

高っ！　めっちゃ高いじゃねえか！　俺が必死で稼いだ金が殆ど飛ぶ……。だが、ここはケチっている場合じゃない。命は金で買えないのだ。

「大丈夫です。これでお願いします」

俺は革袋から、七百万Gを取り出す。

「中々金持ってんな。これは改修費も含んでる。明後日に間に合わせるよう、すぐに取り掛かってやる」

「お願いします」

なんとかこれで、グランクロコダイル対策の道具が揃った。仲鉄棒についてはオヤジに任せて俺達は工房を出る。

「これで、だいたい揃ったのかしら？」

イヴが言う。

「グランクロコダイルを倒すための武器自体は揃ったと思う。後は、具体的に策を練ろう」

正直俺は戦闘の経験が足りない。ここはディラーと、イヴの経験に頼ろう。

「策自体は悪くないとは思うぜ。仲鉄棒を口に突っ込む役と、爆弾を投げる役を誰がするかだ。どちらもミスったら終わりだ」

危険なのはやはり、仲鉄棒をグランクロコダイルの口に入れる役だろう。

「俺が仲鉄棒を口に入れる役目を――」

「いや、大将。それは俺にやらせてくれねぇか？　これはグランクロコダイルに接近しないとできない役目だ。あの化物相手の立ち回りは大将より俺の方が上手くできる。大将には、爆弾を口内に投げる役目をお願いしたい」

そう言われると弱い。土壇場の対応力はやはりディラーに軍配があがるのは確かだろう。

「分かりました。きつい役目になると思いますが、よろしくお願いします」

「なら私は周りの赤鰐を片付けるね」

「わっしも、露払いに専念しますよ」

イヴと、ディラーの部下であるコリンには周りの敵を相手にしてもらう。

「頼む」

『明後日デルクールに襲い来る群れの数は五百を超える？』

『イエス』

『千を超える？』

『ノー』

『八百を超える？』

『イエス』

八百以上、千以下か……。

「明後日の群れの数は八百超えらしい。この町に、八百を超える赤鰐を討伐する力はあるだろうか？」

「うーん、かなり犠牲が出ると思う……。そんなにいるのね」

その後も明後日のために打ち合わせを行った。

翌日は軽く打ち合わせをした後、昼以降は各自自由行動となった。既に計画は十分に話し合ったからだ。グランクロコダイルは昼頃、西門側から百を超える群れを率いて、デルクールに襲い掛かって来る。

俺はどうも落ち着かずに、町の中を徘徊していた。

『爆弾は明日の十二時までに間に合う？』

『イエス』

『伸鉄棒は明日の十二時までに間に合う？』

『ノー』

『十二時十分には間に合う？』

『イエス』

どうやら伸鉄棒は開戦には間に合いそうにないらしい。とはいえ、この程度の遅れは仕方ないだろう。既に何回も確認している。意味はないが、ただ確認している。脳内で、伸鉄棒で口を開けたグランクロコダイルに爆弾を投げ込むイメージトレーニングを行う。

「落ち着かないの？」

後ろから、突如声がかかる。声だけで分かった。イヴだ。

「ああ。緊張からか、中々食事も喉を通らないんだ」

俺はやっぱり臆病者なんだろう。

「ちゃんと食べないと、だめだよ！　それじゃベストな動きはできないんだから。今の私達にできることはコンディションを整えることだよ？　私が消化の良い物を作ってあげる！」

手を引かれて向かった先は帝国騎士団の宿舎である。

「今は誰も居ないから、大丈夫だよ。入って」

イヴのような美少女に、今日は誰も居ないって言われるの……なんか照れるな。と馬鹿なことを思いながら中に入る。

中は流石騎士団の宿舎、無駄な物がなく殺風景だった。

「座ってて。すぐ作るから」

「はーい」

イヴはエプロンを身に着けると、キッチンに向かった。しばらくすると、美味しい匂いが漂ってきた。

「消化に良いもの、ということでお粥を作ったよ。味は薄めかも」

目の前に出されたのは、ネギや卵の入ったお粥《かゆ》である。ネギの仄かな香りが食欲をそそる。一口、口に入れると、優しい味がした。心にしみる優しい味だ。

無言でただ貪った。実はお腹がすいていたんだと、お椀が空になった後に気づく。

「ごちそうさまでした」

「お粗末様でした。少しは元気でた？」

「ああ。これで明日、あの化物に爆弾をぶち込んでやれるよ」

俺はにやりと笑った。目の前で優しそうな眼で俺を見つめている彼女を守りたい、と素直に思った。

「私も、帝国騎士団の強さをお見せしましょう！」

「頼んだよ、騎士様」

「お任せあれ」

イヴはそう言うと、優雅なお辞儀をした。まるで物語の騎士のような美しい所作だった。その後もたわいもない話を日が暮れるくらいまでした後、宿に戻った。

「さっきまで、とてもあたたかな気持ちだったのに……一人は駄目だな」

床に座り、再び明日について考える。実はまだメーティスに聞いていないことがある。今更聞いても仕方ない、というのもあるが怖くて聞けていないことが。

けど、逃げてばかりもいられないだろう。

『メーティス。明日、俺はグランクロコダイルに勝てる？』

『ノー』

メーティスはただ真実だけを伝えてくれた。不思議とそこまでショックはなかった。俺だって勝てるとは思えない。

だが、今回はメーティスに言われたからといって、退く訳にはいかない。

「聞かなきゃ良かった。今までずっとお前を信じてたけど……今回はお前の答えをひっくり返させてもらう……！」

俺は拳を強く握り締める。その後、俺は早めに眠りについた。不思議と、よく眠れた。

翌日、朝から俺達四人は錬金術師ゼガルの家の前に居た。

「ゼガルさん、爆弾を受け取りに来ました」

ノックをすると、しばらくして扉が開いた。

「こっちにある。来い」

ゼガルは相変わらずぶっきらぼうに中に案内する。中には、大きな樽が置いてある。高さ一・二メートルほどはありそうだ。

「中には爆発物がぎっしり詰まっている。この紐を引き抜いて七秒ほどで爆破する。一個が限界だ、外すなよ」

俺はその大樽を担ぐ。

重いな……これ！　だけど持てないほどじゃない。臆病者とはいえ、無駄に鍛錬はさせられていたのだ。

「大将、持てるか？」

「余裕だ、任せろ」

なんとか投げることもできそうだ。だが、俺も相当近づかないと厳しいだろうな。

「ゼガルさんは逃げないんですか？」

「逃げようかと思ったが、面倒だ。いつも通り過ごすことにするよ」

「いざとなったら逃げる準備をしてくださいね」

「分かっている」

話は終わったのか、ゼガルが席を立つ。俺達も伸鉄棒を取りに工房へ向かおうとしたところで、ゼガルから再度声がかかる。

「シビル。メイの形見を、商品なのにノモス爺に安く譲ってくれたらしいな。ありがとう。お前の勝利を祈っている」

ぶっきらぼうなゼガルなりの激励だろう。

「期待して待っていてください」

俺は笑いながら言った。

「まだ出来てねえだって!?」

続いて向かった工房で、ディラーが叫ぶ。それを聞いたドワーフのオヤジが顔を歪ませる。

「せかすんじゃねえよ。こっちも寝ずにやってんだ。どうしても、硬度を上げると、伸びが悪くなっちまうんだ。調整が難しい。おとなしく待ってろ」

俺は事前に知っていたが、そういえばディラーに伝えていなかった。

「間に合わなかったら、洒落になんねえぜ？　ただ口が開くのを待って投げるしかねえ。そんなの、閉じられて終わりだ！」

「うるせえ！　黙って待ってろ！」

ディラーとオヤジが喧嘩を始めてしまった。だが、メーティスさんが言うには、グランクロコダイル戦には間に合うはずだ。

これは間に合うと言えるのだろうか？　と思うものの今更それを言っても仕方ない。

「ディラー、オヤジさんを信じておとなしく待っていよう」

「まあ、もうそれしかねえがよ」

俺の冷静な対応を見て落ち着いたのか、ディラーも腰を下ろす。

「大丈夫だ。ちゃんと間に合う」

「お前さんのスキルなら、これが間に合うかも分かってるのか？」

「ああ。おそらくぎりぎりだ。開戦に間に合うかは怪しい。だが、仕方ない。それまで俺達は体力を温存しよう」

俺達は工房の前で、ただ完成を待った。

◇◇◇

デルクールの各門付近には、監視用の側防塔がある。塔の上には見張りが立っており、周囲を見渡している。勿論西門も同様である。

だが、魔物が町に攻めてくることなど、ここ何十年で一度もなかった。そのため見張りも一人だけ、警戒心も低かった。

西門付近の側防塔で見張りをしている兵士も同様である。そして丁度十二時を告げる綺麗な大鐘の音が、デルクールに響く。

「もう昼か。はあ、暇だねえ。まだ門兵の方が、話し相手が居る分ましってもんだぜ」

男は暇そうに、前をぼんやり見つめていた。だが、前方から砂煙が上がっているのが見える。

「ん？　今日どっかの軍の受け入れなんてあったっけ？」

男は前方の砂煙は軍の行進かと考える。だが、段々その距離が近づくにつれ、血の気が引いてきた。

「おいおい、あれ……魔物の群れじゃねえか！　嘘だろ!?　今までそんなこと一度も……」

突然の事態にパニックになりつつも、彼は叫ぶ。

「おい！　魔物の群れだ！　今すぐ応援を呼べええええ！」

「何を言って……」

下で門を守っていた兵士達は何の冗談かと思いつつも、前方を見る。確かに砂煙が上がっていた。

「本当だ！　応援を！」

門兵はすぐさま応援のために上官のもとへ走った。

魔物の群れの情報を聞いた兵舎は大騒ぎだ。近年攻められることがなかったため、素早い対応とは言えなかった。

その様子を見て、すぐさま青い顔で動いたのはイヴから事前に情報を聞いていた赤髪の兵士である。

「う、嘘だろ……！」

男はすぐさま西門に駆けると、側防塔から見える魔物の群れを見て、絶望に染まる。

「あ、あの女の言うことは……本当だったんだ！　ならばあの群れのボスは、グランクロコダイル！は、早く領主様にも伝えないと！　あと、帝国にも応援を。俺達だけで――」

B級魔物に勝てる訳がない。その言葉だけはなんとか飲み込んだ。赤髪の兵士はもつれる足を無理やり動かし、群れのボスの情報を上に伝えるために走った。

群れのボスがグランクロコダイルであることを知ったデルクール軍上層部の顔は暗かった。倒す方法が見当たらない。

「もうすぐ、群れが城壁に辿り着きます！」

「領民達を、東門側から逃がした方が良いのでは？」

「各門にも赤鰐がたかっておるわ！」

「数が多すぎる。五百じゃきかん！」

上層部は混乱の最中にあった。だが、魔物達はそれが落ち着くのを待ってはくれなかった。

一番最初に門まで辿り着いたのはやはり西門の魔物達である。壁の上では多くの兵士が弓を引き絞っている。

「放てぇ！」

号令と共に、大量の弓矢が先頭を走るグランクロコダイルに雨のように降り注ぐ。だが、グランクロコダイルは弓など全く意に介さず進み続ける。

「ひ、ひい……」

兵士の一人が恐怖で声を出す。

グランクロコダイルはまさしく鉄壁の怪物であった。全長は九メートルを超えており、全身は鋼のような鱗に覆われていた。四つの目のうち、一つが傷により閉じられており、残りの三つの目が、人を獲物として見定めていた。六本の足はどれも丸太のように太く、踏みしだいた地面が大きく凹んでおりその重さが窺い知れる。

その目に見据えられただけで、兵士達の動きが止まる。

「怯えるな！　いくら大きくとも、城壁を破壊はできまい！　石を投げろ！」

兵士達は石や槍、弓矢など様々な物をグランクロコダイル目掛けて投げる。だが、全く効いている気配はなかった。

「ギャアアアアアアアアアアアアアアアア！」

グランクロコダイルが大きく吠える。その地獄から響いているかのような遠吠えはデルクール領に居る、兵士にも領民にも恐怖を植え付けた。

「お、お前達……手が止まっているぞ。早く、こ、攻撃を」

側防塔から指揮官が部下に叱咤するも、恐怖にかられた兵士達には届かなかった。

グランクロコダイルは器用に大きく後退する。そして次の瞬間、その巨体に似合わない俊敏な動きでいっきに壁に向かって走り出す。大きく体を回転させ、まるで巨大な鋼鉄のドリルのように、壁に頭を叩き付けた。

デルクール中に響き渡りそうな大きな破壊音と共に、壁に大穴が空いた。

「も、もうだめだ……」

壁を守っていた兵士は戦意を失い、地面に倒れ込む。

「壁に穴が空いたぞーーーーーーー！」

領民の悲鳴が戦場にこだまする。定年間際の老兵も一人見張りとして立っていたが、彼の目は驚愕により見開かれていた。

「や、奴は……間違いない。五十年前にここを襲ったグランクロコダイルだ！　奴は生きていて、この町に復讐にやってきたんじゃ！」

老兵の震えた手から剣が零れ落ち、地面から澄んだ音が響く。地獄が音を立ててやってきた。

◇◇◇

俺はただ伸鉄棒の改良が終わるのを今か今かと待っている。そして遂に何か建物が破壊されたような爆音が遠くから響く。

「壁が破壊されたのか……！」

領民の悲鳴がここにまで聞こえている。やはり突破されたのか。初めは群れが壁に辿り着く前に戦う予定だったが、それでは八百を超える群れを俺達数人で相手しないといけなくなるので諦めたのだ。

「わ、私先に行ってるね！」

領民の悲鳴を聞いて居ても立っても居られなくなったイヴが西門側に走る。

「おい、オヤジ！　間に合ってねえじゃねえか！」

ディラーが叫ぶ。

「うるせえよい！　できたぞ！　もってけ」

ドワーフのオヤジさんが、出来上がった伸鉄棒を投げる。円の直径は二十センチを超えており前回見た時より大分太くなっている。相当魔改造したらしい。

「行くぞ！」

頼む、皆逃げていてくれ、そう思いながら大樽を持って西門に向かって駆ける。

西門付近は地獄絵図だった。いたるところで女子供の泣き声が響いている。兵士達の動きも統率が取れているとは思えない散漫とした動きだった。

「まじいな……。とっさの事態に弱いだろうと思っていたが、ここまでとはな」

混乱している兵士達を見て、ディラーが呟く。だが、悪い報告は続くものだ。

「白い自由民《ホワイトバロン》のリーダーがやられたぞ！」

悲愴感に満ちた叫び声が前方から聞こえる。白い自由民《ホワイトバロン》？　俺が首を傾げていると、ディラーが言う。

「白い自由民《ホワイトバロン》は、この町のトップであるC級パーティだ……」

C級冒険者が全く歯が立たずか……。逃げる領民をかき分けて、俺達は遂にグランクロコダイルのもとまで辿り着いた。その姿を一目見ただけで分かる。奴が群れの長だ。それほどの圧倒的存在感を放っていた。事前に聞いていたより更に大きい。そして左目の一つは誰かにやられたのか、傷により塞がれていた。

「ありゃあ、明らかに普通のB級より強いぜ。大将。聞いていたよりも大きい。だいぶん長く生きてやがるな」

ディラーの長年の経験がそう告げるらしい。

あれ、もしかして五十年前にここを襲った個体と同じなんじゃ？

『あれは五十年前にデルクールに来たのと同個体？』

『イエス』

まじかよ。中々執念深いのね、あんた。

グランクロコダイルの前には大男が仁王立ちをしている。既に先客がいたようだ。

「よくも、ホーキンスを！」

立派な鎧を全身に纏った大男が、大剣を手にグランクロコダイルに襲い掛かる。グランクロコダイルの下には男の下半身だけが転がっており、口は真っ赤に染まっていた。彼がリーダーだったのだろうか。

グランクロコダイルはぎょろりとした三つの目を動かし、大男の動きを捉える。そして次の瞬間、想像を超える大きな口を開き、一瞬で大男の上半身を食いちぎった。

目の前で行われた圧倒的暴力による蹂躙に俺の体が震えあがる。

こ、これが……B級！　帝国の軍隊が相手をすると言われる怪物。俺は自分が一瞬で死ぬ戦場に来たことを自覚する。

大きな咳をする音が聞こえた。自分が過呼吸になっているのかと思ったが、その音の主はどうやらデルクールの兵士だった。赤髪をオールバックにした若い兵士が真っ青な顔で、グランクロコダイルを睨んでいる。過呼吸を引き起こしており、まともに戦えるとは到底思えない。

「俺は、俺は……お前のことなんて何も、知らない。何も聞いていないんだああ！」

赤髪の兵士が叫び声を上げながらグランクロコダイルに突撃する。

「やめろ！」

俺の叫びも虚しくグランクロコダイルが彼に襲い掛かる。

「ひいい！」

恐怖に襲われた彼はすぐさま動きを止めた。が、逃げ切ることはできず、左腕を食いちぎられてしまう。

「あああああああああああ！　助けてくれえええ！」

真っ青な顔で悲鳴を上げながら、彼はそのまま一目散に逃げだした。

グランクロコダイルは彼に興味を失ったのか、新たな獲物を探し始める。その目線の先には避難している子供達が居た。その子供達を先導しているのはイヴである。

「イヴ、見られてるぞ！」

俺の声を聞いたイヴの顔色が変わる。

「皆、逃げて！」

イヴは叫ぶと、子供達をグランクロコダイルと逆方向に走らせる。

「怖いよおおおお！」

子供達はパニックになりながらも、必死で逃げる。だが、全員が動ける訳ではなかった。一人の子供が恐怖で固まってしまった。

グランクロコダイルはそれを丁度いい餌と見定めたのか、六本足を巧みに動かし距離を詰める。

「この子には触れさせない！　風弾《ヴィントパトローネ》！」

イヴはレイピアを抜いて構えると、レイピアに魔力を纏わせる。そして突きを放った。その先端から飛び出す弾丸がグランクロコダイルの右目に撃ち込まれる。

「グァア！」

グランクロコダイルも目は弱かったのか、小さく悲鳴を上げる。だが、その勢いは止まなかった。むしろ怒りに満ちた形相で子供に襲い掛かった。

「危ないっ！」

イヴが全力で子供の元に跳び、グランクロコダイルの突進から子供を守る。だが、その巨体の一部分がイヴの体にかすり、大きく吹き飛ばされた。

「イヴ！」

俺は大声を上げる。

俺はどうするべきなんだ……。イヴは左腕を押さえて苦悶の表情で蹲っている。おそらく折れたのだろう。

俺は足元に転がっている瓦礫を手に持つと思い切り投げつける。全く効いた様子はないが、注意をこちらに向けることには成功したようだ。

「兵士達！　そこら中にまだ領民が居る！　彼等を避難させるんだ！　こいつは俺達が止める！　これはそのための道具だ！」

正直彼等はそんなに役に立たない。俺は大樽を見せつけながら付近の兵士達に向けて話す。なのに兵士達は俺達の意図を測りかねているのか動きが鈍い。

「お前ら、このまま全滅してえのか！　手が空いてるやつは、周りの赤鰐《レッドクロコダイル》の相手をしろ！」

ディラーの叱咤を聞き、兵士達は動き始める。彼等も死にたくない。避難誘導や、赤鰐の相手の方が安全といえた。

グランクロコダイルはまた愚かな餌がやってきたと言わんばかりの態度で、体を俺に向ける。

「雑魚は俺が！」

ディラーの部下であるコリンが、ハンマーを片手に赤鰐を相手に戦い始める。思ったよりキレのある動きだ。

「大将……ここが正念場だぜ？」

ディラーがそう言って、小さく笑う。だが、その顔は汗でびっしょりであった。ディラーの緊張も相当なものだろう。失敗は即、死に繋がる。

その手には改良された伸鉄棒が握られていた。

「行くぞ！」

そして、ディラーが動いた。想像以上に素早い無駄のない動きだ。俺もすぐその後ろを走る。グランクロコダイルが対応しようと動き出す瞬間、ディラーの手からグランクロコダイルの目に赤い玉が放たれる。香辛料玉だ。

「グアア！」

イヴの一撃のお陰で右目が一つ潰れていたのも大きかった。残り二つの目に綺麗に命中すると、苦痛の鳴き声が上がる。

それと共に、口が開くのをディラーは見逃さなかった。伸鉄棒を口内に縦に入れる。

「伸びろ！」

ディラーの叫び声と共に、伸鉄棒がグランクロコダイルの口を広げるように大きく伸びる。だが、その咬合力は相当なもので、一・五メートルを超えたところで伸びが止まる。

「これ以上は無理だ！　大将！」

ディラーは伸鉄棒を手放し、距離を取った。

「おう！」

俺は大樽の紐を引き抜くと、口目掛けて投げる。大樽は見事な弧を描きながらもグランクロコダイルの口の中に向けて飛んでいく。

もらった！

そう思った瞬間、伸鉄棒からビキッという割れた音が響く。グランクロコダイルの咬合力に耐えきれなかったのだ。

「頼む！」

俺は思わず神に祈った。なんとか口の中に樽が入るまで持ってくれと。その願いも虚しく次の瞬間伸鉄棒が粉々に砕かれる。

だが投げられた大樽は既に口の中に入る直前であり、グランクロコダイルはその大樽を思い切りかみ砕く。

その直後凄まじい爆発が、グランクロコダイルを襲った。

その爆発は凄まじく、辺りは爆煙で包まれる。周囲の人間は未だ突然の状況について行けず凄まじい爆発音に呆然としていた。

「大将……やったのか？」

ディラーが尋ねるも、俺にも分からなかった。確かに爆発をまともに浴びた。これならグランクロコダイルが死んでいてもおかしくはない。

「グラアアアアアアアアアアアアアアア！」

心底怒りのこもったグランクロコダイルの叫びが響き渡る。奴はまだ生きている。爆煙が晴れた先に居たグランクロコダイルはボロボロではあった。

歯の殆どは消し飛び、口元も爆発により裂けている。口先の一部も消し飛んだことが見て取れた。だが、死んでいない。Ｂ級魔物の生命力。その根源を見た気がした。その目は血走っており、死にかけの獰猛《どうもう》な魔物が見せる特有の殺気がこもっている。

「これで死なねえのかよ……Ｂ級どころじゃねえぞ」

流石のディラーの声にも、僅かに落胆がこもっていた。

やはり無理だったのだ。オークもまともに倒せない剣士が、策を弄したところでＢ級魔物に勝てる訳がない。そんな現実を突き付けられた気がした。

今すぐ逃げよう。この震えた足で。俺は十分やった。イヴもきっと許してくれるだろう。結局俺はメーティスの答えを、ひっくり返すことはできないのか？

ディラーが目線で問いかけてくる。まだやるのかと。戦うべきか、逃げるべきか。俺が選ぶのは勿論――――。

「ディラー、俺に策がある！　まだ、俺達は終わっちゃあいない！」

「ふう……そう言うと思ってたぜ。あんた本当に臆病者なのか？　死にたがりにしか見えねえぜ」

ディラーが呆れたように言う。俺も馬鹿だな、って思う。臆病者のシビル。昔からそう言われてきた。だが、臆病者にだって意地はある。

「広場まで逃げよう！」

「あいよ」

グランクロコダイルの憎しみは完全に俺達に向かっている。俺達は広場に向かって走り出した。

俺達には、守り神がついている。俺達はまだ終わっちゃいない。

俺達は大鐘楼のある大広場に辿り着いた。周囲にはあまり人は居ない。逃げまどう人達がたまに通る程度だ。

その大きな広場の中心にある大鐘楼の真下で俺は、こちらに向かってくるグランクロコダイルを見つめていた。

先ほどの爆発のダメージか、動きが鈍い。そのおかげでなんとかここまで逃げることができた訳であるが。

怒りに我を忘れているのか、ディラーがこの場から消えていることに気づいていない。

「さあ、決着をつけようぜ」

俺は震える手で、剣を握った。

頼むぜ、ディラー……。俺は祈るような気持ちで大鐘楼を見上げる。次の瞬間、グランクロコダイルが襲い掛かってきた。

やっぱりさっきよりも遅い。そう感じるも、俺は熟練の剣士ではない。俺は赤玉をグランクロコダイル目掛けて投げつける。

だが、グランクロコダイルも先ほどの一件で警戒していたのか、顔を逸らし目に受けることを避ける。

やっぱり無理か。俺は左側に転がり、突進を躱す。だが、グランクロコダイルの方が上手であった。一瞬で体勢を立て直すと、その大きな口が開き襲い掛かってきた。その口を躱しきることはできずに、右腕を噛まれる。

「ぐあああああ！」

俺はその痛みに悲鳴を上げた。だが、腕はまだ食いちぎられてはいなかった。先ほどの爆発で歯が殆ど消し飛んだからだろう。

とはいえ、その力がなくなった訳ではない。その強い力に俺の骨が鈍い音を奏でる。骨が折れた激痛で顔が歪んだ。

◇◇◇

シビルがグランクロコダイルと対峙している間、ディラーは大鐘楼の階段を上っていた。そしてこの町の守り神と言われている大鐘のもとへ辿り着く。

大鐘は上部が大きな鎖で塔と固定されている。ディラーはその鎖を見定めると大きく息を吐き剣を構える。その剣には魔力が宿されていた。

『緋閃《ひせん》！』

炎を纏った鋭い一撃が、大鐘を繋ぎとめている鎖に刺さる。金属がぶつかる音が塔内に響き渡る。

ディラーのスキルは『魔法剣士』。ディラーには火魔法を使う才があった。その鋭い一撃により、鎖が欠ける。

「畜生、一撃じゃあ無理か。早くしねぇと、大将が死んじまう……」

ディラーは焦りながらも剣を握る。

シビル達の失敗した時の策、それは大鐘でグランクロコダイルを叩き潰すというものだった。それをするには、誰かがこの下で時間稼ぎをしなければいけなかった。グランクロコダイルを真下に留め、尚且つ自分自身も大鐘による被害を受ける可能性があるという大変危険なものだった。

ディラーは自分だけでは間に合わない可能性を感じていた。不安をかき消すように、鎖に向けて剣を振る。

すると下から階段を上る音がした。ディラーは警戒心を強めるも下からやってきた者の顔を見て大きく息を吐いた。

その正体はイヴだった。

「ディラーさん、待たせたわね」

痛みで顔を歪ませながらも、イヴが笑う。

「お前……」

明らかに重症だ。階段を上がるのもそうとう辛かったことが分かる。

「下でシビルが頑張ってるんだもん。私だけ、のんびりしてる訳にはいかないでしょ？　同時にいくわよ！」

「応！」

二人は同時に剣を構える。

「風《ヴイント》　弾《パトローネ》！」

「緋閃！」

二人の連携は初めてとは思えないほど、息の合った一撃であった。風と炎が交わり、大きな一撃へと変わる。

鎖が砕ける音がした。

上から金属がぶつかるような小さな音が聞こえるのを俺の耳は見逃さなかった。ここを今離れる訳にはいかない。

俺は僅かに見える口内に、持っている剣を突き刺した。それにより噛む力が弱まった瞬間手を引き抜くと、グランクロコダイルの上部に貼りついた。

少しでも時間を稼ぐんだ！

グランクロコダイルはそれが不快なのか、俺を落とそうと体を振る。だが、死ぬ気でしがみつく。

「だいぶ効いているんだろう？　力が弱いぜ？」

その煽りが効いたのか、更に大きく体を揺らす。

ディラー……早く。頼む……。腕の力が少しずつなくなってくる。段々限界が近づいている。

すると上から凄まじい音が響く。

大鐘が落ちる。そう本能的に感じた。

俺は勘違いをしていた。俺は確かにグランクロコダイルに勝てるような英雄じゃねえ。だけど、皆と一緒なら。仲間と共に戦えば勝てるんだろう？　俺はメーティスに尋ねる。

『俺達はグランクロコダイルに勝てる？』

『イエス』

俺は極限の状況にもかかわらず、笑う。やっぱりメーティスは嘘なんてつかない。だからこの勝負は俺達の勝ちだ！

「悪いな、一緒に死んでやるつもりはねえ！」

俺は剣は振り上げると、グランクロコダイルの残った左目に思い切り突き刺す。その一撃で大きくグランクロコダイルの体が揺れる。その動きで俺は大きく吹き飛ばされる。

「あ……」

俺の目は落ちゆく美しい大鐘を捉える。次の瞬間、大鐘がグランクロコダイルに直撃する。その衝撃で美しい鐘の音がデルクールに響き渡る。

デルクールを守る、守り神が町の敵を仕留めた美しい音色だった。

この一撃は凄まじい生命力を持つグランクロコダイルをも仕留めることができたようで、もうピクリとも動かなかった。

「勝った……」

俺は勝ちを確信していた。冷静になってくると、噛まれた右腕の痛みが襲ってくる。でも、もういいんだ。

「勝った！　俺達が、グランクロコダイルを、仕留めたんだ！　うおおおおおおおおおおおおおおおおお！」

俺は勝利のおたけびを上げる。俺はやり遂げた。この怪物を皆と共に討ち取ったんだ。

「流石だぜ、大将！」

「シビル！」

ディラーとイヴが大鐘楼から降りてこちらへやってくる。イヴは涙ぐみながら、俺に飛びついてきた。

「もう、無理ばっかりして……！　けど格好良かったよ。ありがとう！」

その言葉だけで報われた気がした。今まで実家では俺がどれだけ頑張っても評価されることなんてなかった。だが、今は守りたい人を救い、感謝の言葉まで貰えた。これ以上の贅沢があるだろうか。

「戦いは苦手かもしれねえが、誰よりも体張ってたぜ、大将。戦士として何よりも大事なハートを持ってる」

ディラーも笑顔で言う。臆病者と言われた俺も少しは変われただろうか？

「私もそう思う。こんな土壇場でグランクロコダイルを倒す策も練れたんだもん」

「いや、それは『神解《メーティス》』があったおかげで」

「スキルも含めての才能でしょ？　そうだ！　ローデル帝国の騎士団に入らない？　シビルはそのス

キルでもっと多くの人が救えるよ！」

「え？」

それはイヴからの突然のスカウトだった。この誘いが俺の運命を大きく左右するなんてこの時は誰も思わなかっただろう。

決着から少ししてグランクロコダイルの様子を見に来た兵士達は、息絶えているその姿を見て驚きを隠せなかった。

「し、死んでいる！　まさかお前達が！」

「俺達に決まってんだろ。上に伝えてきな。この化物を倒したのは、シビルとイヴだってな！」

ディラーが言う。それを聞いた兵士達はすぐさま領主に報告に向かう。広場に居た赤鰐達は長を失ったせいか途端に混乱し始め、統率を失った。

少しずつグランクロコダイルを討伐したことが広まり始め、皆の心に希望の火が灯される。後は逃げ遅れた赤鰐の討伐だけだ。赤鰐はD級魔物であり、兵士達でも戦うことはできるだろう。

デルクールを襲った悪夢は終わりを告げたのだ。

そしてデルクールは未だ混乱しつつも、平穏を取り戻した。翌日、俺達はデルクール領の領主であるベッカーの館に呼ばれていた。おかげで昔着ていた貴族時代の服に袖を通した。

「お前達、なんか落ち着いてねえか？」

ディラーが俺とイヴに言う。

「私は、一応親が貴族だから……」

俺も一応親は貴族だからな。俺はもう違うけど。

「俺は顔に出ないタイプなんだよ」

「嘘つけ。まあいい。そろそろだ」

呼びに来た兵士に連れられ長い廊下を歩く。武器は全て取られてしまった。どうせ俺では剣を持っていても一瞬でやられるだけだからいいんだけど。

「この先にベッカー様がいらっしゃる。くれぐれも失礼のないように」

そして、他の扉より上等な扉に案内された。扉を開け中に入ると、高そうな革張りのソファに座っている穏やかそうな壮年の男性が居た。

口髭は整えられており、にっこりと微笑んでいる。

「よく来てくれたね。こちらへ」

男は向かいのソファを勧める。

「私の名はベッカー。この町の領主をしている。君達がいなければこの町は危なかった。今回は本当に助かったよ。ありがとう」

そう言って、深々と頭を下げる。

「お顔を上げてください。お役に立てて良かったです」

俺は頭を下げるベッカーさんに言葉をかける。

「いや、聞けばうちの兵にしっかりとグランクロコダイルが来ることを報告もしてくれていたそうじゃないか。そういう情報があったらしっかり報告しろ、とは言ってあったんだが……徹底されてないのが現状でな。聞いていた兵士にはしっかりとしかるべき処分をするつもりだ」

確かにあらかじめ軍が対応しておけばここまで酷い状況にはならなかっただろう。だが、謎のスキルの男からの情報ではしっかり対応するのも難しい。

「シビル君。君はこの情報をあらかじめ知り、色々な所に伝えてくれたそうだね。各所が動かないことも見越して、自らも手を打った。君のスキルは素晴らしい。あらかじめ襲われることが分かればできることはたくさんある。そして、君の行動もだ。君は逃げることもできたはずなのに、この町のために戦ってくれた。領主として君には礼を言いたい」

ベッカーさんは大真面目な顔で俺を褒めてくれる。どこか照れくさい。

「そこまで言っていただけると頑張ったかいがありました」

「ディラーさん、イヴさんもだ。彼の情報を信じ、必死で戦ってくれたそうだね。君達にもしっかりと礼を贈るつもりだ」

「それは助かるぜ」

「私は騎士として当然のことをしたまでですから」

「そうか。君は帝国騎士団所属だったたな。流石皇帝の盾と言われるだけある。我が兵にも見習って欲しいものだ」

「ありがとうございます」

イヴも恥ずかしそうに笑う。

「シビル君、君はまだG級冒険者らしいじゃないか。良かったら冒険者でなくうちに勤めないか？

君のスキルはきっと有用だ」

なんとベッカーさん自らのスカウトである。俺、もしかしてモテ期なのか⁉　だが、それに異を唱える者がいた。イヴだ。

「お言葉ですが、シビルは帝国騎士団への入隊を希望しております。彼のスキルは帝国騎士団にあってより多くの人を救えると」

えっ⁉　俺、帝国騎士団への入隊を希望なんてしてたっけ⁉　初めて聞いたんだけど。それを聞いたベッカーさんもなぜか頷いていらっしゃる。

「なるほど。確かに彼ほどの才であれば、帝国騎士団でこそより輝けるというものか。まことに惜しいが、彼の才をこの辺境の地で埋もれさせるのも忍びないか。ここは涙を呑もう」

勝手に話が進んでいる……。そしてそれは過大評価以外の何物でもないんですが。メーティスさんもそこまで万能ではないんですけど。

「あの、お言葉は嬉しいんですが、私は戦うことが苦手で……。オークも倒せません。とても軍なんて……」

「大丈夫よ、シビル！　騎士団には軍師という役職があるの！　軍師なら自らは戦わずとも皆を助けられる！」

やばい、これ本当に俺が軍に入る流れだ。

「いや、そういうことじゃ……」

「謙遜しなくても良い。私もしっかりと帝国軍に推薦しよう。未来の襲撃を全て読む天才軍師が現れたとな」

確かに読めるかもだけど……。俺軍略なんて何も分からないよ。横でディラーが笑いをこらえてやがる。畜生。

「良かったね、シビル。領主の推薦ならまず落ちることなんてない！　一緒の騎士団ならいいね！」

イヴは輝くような笑顔を俺に向けている。こんな笑顔を向けられたら、今更入りたくないなんて言えないじゃないか……。

◇◇◇

シビルがグランクロコダイルを討伐した頃、ロックウッド領は大混乱の最中にあった。

当主であるレナードのもとには農民からの大量の嘆願書が山のように届いている。税金が六割を超えたせいで、生活できなくなってしまった農民達が減税を求めた嘆願である。既に税を払えないと悟り、別の領に逃亡を始める者もいた。

「働きもせずに、文句ばかり言いおって……！　これも全てはあの臆病者が甘やかしたせいよ」

レナードは怒りの矛先をシビルに向けていた。

「だが、この状況はいささか悪いわい」

そう言って、目を向けた先には農民が兵士に鎮圧されている様子が見える。

屋敷の外では大量の農民が暴動を起こしており、次々とロックウッドの兵士に斬られている。

「クソ！　ゴミ共が調子に乗りやがって」

　ハイルは剣についている血を拭う。ハイルは自分の悪口を言った農民達を処刑した。それによりただでさえ税を上げられ鬱憤《うっぷん》の溜まっていた農民達が遂に爆発したのだ。

「俺達はただ、抗議をしただけだ！　なんで斬られなければならねえんだ！」

　斬られ息絶えた老人を抱き、若者が叫ぶ。

「領主に逆らって、ただで済むと思っているのか？」

　兵士達は冷たい声色で言い放つと、その若者を斬り捨てた。農民達は憎しみの目で兵士を、ロックウッド家を見据えつつも逃げ去る。

「ふん、腰抜け共め」

　ハイルはその様子を見て鼻で笑う。だが、彼は気づいていない、無理な鎮圧は確実に禍根を残すことを。この事件をきっかけにより多くの村で暴動が起こることに。

「ハイル、そこまでにしておけ」

　レナードが屋敷から出て、ハイルに声をかける。

「お父様、どうされました？　あの程度、俺だけで充分ですよ」

「別にお前が負けるなどとは思っておらぬ。今回のような処刑はもうやめておけ。六割に上げたにもかかわらず税収が渋い。逃げた者もいる始末だ。まことに悔しいが、あの臆病者は農民に媚を売るのだけは上手かったらしい」

　レナードは憎々しげに言い放つ。

「臆病者ゆえに、農民の心が分かったんじゃないですか？」

突然、憎む兄の話題を出され、語気がきつくなる。

「色々考えたが、あの臆病者を呼び戻そう」

「何を言ってるのですか、お父様！」

突然のレナードの提案に、思わず叫ぶ。

「心配せずとも、こき使うだけだ。奴なら家に居させてやると言えば、喜んで戻ってくるだろう。お前は次期当主として、奴を上手く扱えばいい。死んでいなければ奴はおそらく今ローデル帝国のどこかにいるだろう。兵士を送って探させよう」

「分かりました、お父様。俺が自ら探してまいります。部下だけでは何かあるといけませんから」

「お前がわざわざ向かうほどではないと思うが……まあいい。たまには外に出るのもいい経験になるだろう。何人か護衛をつける」

「ありがとうございます」

ハイルは冷静に礼を言っているが、心の奥底では怒りが煮えたぎっていた。

(兄など、ロックウッド領に必要ない！　父は一体何を考えている！　必ず俺が見つけ、その首を飛ばしてやる！)

ハイルは部屋に戻ると、すぐさま旅支度を始める。

「おい、お前ら。今からローデル帝国へ向かう。用意しろ」

「「はっ！」」

今返事した者達はハイルに忠誠を誓っている部下達だ。彼等はハイルの考えていることにうすうす気づいていた。

翌日早朝からハイルと部下達は馬に乗り、ローデル帝国へ向かった。

「試験は明後日だって!?」

俺はイヴから告げられた唐突な試験日程に大声を上げる。

「ごめんなさい！　しかもデルクール北東にある軍駐屯地で試験を行うから今日中には発たないと間に合わないわ」

イヴが申し訳なさそうな顔で頭を下げる。大きな怪我は治癒師に治してもらったものの体はまだボロボロだというのに。

「イヴは何も悪くないんだが……急だな」

「私も駐屯地に一旦戻ることが決まったから、一緒についていくね」

「助かるよ」

あの大戦以降、話がトントン拍子に進んでいく。本当に俺が軍に入って役に立つのだろうか……。

しかも軍師なんて……。

「じゃあ、夜には発つから準備しておいてね」

そう言って、イヴは宿舎に戻っていった。

ネオンに俺が生き残ったことを伝えたかったが、どうやら伝える時間はなさそうだ。俺は結局ベッカーさんから貰った推薦状と報奨金を手に駐屯地へ向かった。

辿り着いた駐屯地は、小さな要塞というに相応しい物々しい建物だった。中は古いが、頑丈に作られており、多くの兵士が武器を持って慌ただしく歩き回っている。

「緊張してるの？」

「そりゃあそうさ。俺は全く戦えないのに、なんでこんなところにいるんだろうか？」

「けど、グランクロコダイルを討伐したじゃない」

「俺がした訳じゃ」

「自信を持って！　シビルが居なかったら、デルクールは滅んでたかもしれなかった。それくらい凄いことをしたんだから！　時間もないからもうすぐ始まると思う。ベッカーさんの推薦があって良かったね。通常なら年に二回しかない試験を待たないと入れないんだよ～」

とイヴが明るく言う。微塵も俺が落ちることを疑っていない。

男が多めの職場だからか、イヴが美しいからかは分からないが兵士達の目線の多くはイヴに向いている。

前方から、いかにも軍人のような短髪で筋骨隆々な青年がやってきた。

「シビル君。今から筆記試験を始める。こちらに来なさい」

「はい！」

俺は少し声を上ずらせながら返事をする。

「頑張ってね、シビル。一緒の騎士団ならいいね」

とイヴが耳元で優しく囁く。

俺は気合を入れて、試験会場に向かった。

「あれ、どうなんだろうなあ……」

小さな部屋で筆記試験を終えた俺は、呆然と天井を見つめていた。マルバツ問題はメーティスさんに尋ねることで勿論全問正解だ。

一般教養も一応は元貴族の端くれ、殆ど解けたと思う。

だが、軍略に対する筆記問題。あれがいけなかった。さっぱり分からん。学んだことがないから当然だが、適当に書くことしかできなかった。

軍師志望なのに、軍略に明るくない。これはまずいのでは？

だが、今後に期待という点で合格にならないだろうか？　別に落ちても良いのだが、信じてくれたイヴとベッカーさんの期待を裏切るのは嫌だった。

色々考えていると、部屋のドアが開かれる。

「続いては面接試験だ。こちらに来なさい」

「はい！」

終わったことを考えていても仕方ない。俺は覚悟を決めて面接会場へ向かう。

別室に通された先に居たのは、三人の面接官だ。五十代の禿げたおっさんと、六十代のお婆さん。

そして二十代後半の青年である。

皆、俺を鋭い眼光で見据えている。

「それでは面接を始める」

おっさんの、渋い声で面接が始まった。

「はい。シビルと申します。本日はよろしくお願いいたします」

「ベッカー子爵からの推薦状を読んだが、グランクロコダイルをこの戦力で討伐したというのは本当かね？」

やはりそれを聞かれるか！

これは予想していた。俺は流暢に経緯を全て説明する。俺のスキルは危機察知系のスキルだと既に聞かれていたようなので、話を合わせながら。

話を振ってくるのは主におっさんと、青年だった。お婆さんは話すことなく、ただ俺を観察している。

話を聞き終えたおっさんは、顎を触りながら呟く。

「なるほどな。危ない橋を渡りすぎではあるが……できることを精一杯に果たしたのは素晴らしい」

おっさんからお褒めの言葉を貰う。いい流れだ。このまま終わらないかな？

そう思っていたら、今まで話してこなかったお婆さんが急に口を開く。

「ねえ、お前さん。貴族だったりしないかい？」

なっ!? 突然の問いかけに俺の貼り付けていた笑顔が崩れる。ばれている？

「あんたと同じ名前の貴族が最近廃嫡されたらしいんだよ。別の国の話なんだけどね。当主になるには弱すぎる臆病者って理由でね」

流石帝国……。これくらいの情報は勿論知っているか。とぼけるべきか？

『嘘はまずい？』

『イエス』

やはり嘘はつくべきではないらしい。

「はい。それは私です。実家を勘当されましてここに辿り着きました。やはり他国の元貴族は入団できませんか？」

それを聞いた婆さんはにやりと笑う。

「なに、正式に追い出されたのなら構わないさ。だが、あんたはいざという時に故郷を攻められるかえ？」

いやらしい質問だ。だが、この答えは決まっている。

「勿論。兵さえ頂ければいつでもロックウッド領を、アルテミア王国を滅ぼしますよ」

その覚悟を持って、俺はここに来た。いつか故郷と戦うことに、家族と戦うことになろうとそれも仕方ないと。

「中々たいしたたまじゃないか。別に復讐のために動いている訳でもないんだろう？　それなのにこともなげに肯定するとは」

それを聞いた婆さんは感心したような顔をした後、笑う。

別に俺は自国にそこまで恨みがある訳ではない。だが、ローデル帝国で色々な人と関わりすぎた。既に帝国の方に愛着があるくらいだ。

「情が薄いだけです」

「フフ。これは世間話なんだけどね。今帝国軍が求めているのは何だと思う?」

婆さんが無邪気な顔で尋ねてくる。そりゃあ強い人だろ。

「……強者?　強スキルの人?」

「違う。英雄さ。この帝国を再び大陸最強と呼ばせるようなね」

「随分、夢物語のようなことを言いますね」

「最近は隣国とも停戦状態さ。決定打にかけると皆感じている。そこに人一人が増えただけじゃ何も変わらないと思うかい?　けど何万人が戦う戦《いくさ》でさえ、本物の英雄一人でひっくり返ってしまうことが実際にあるんだ。圧倒的な才能、輝きに皆導いて欲しいのさ。あんたも英雄になれるように頑張りな」

「はい」

婆さんは本当に御伽話《おとぎばなし》のようなことを言い始めた。だが、言っている意味はなんとなく分かる。本物の英雄というものはきっと本当に一人で、その場を変えてしまうんだろう。

俺はただ頷くことしかできなかった。

「そういえば、あんた魔法使いかい?」

ふとお婆さんが俺に尋ねる。

「いえ、聞いてると思いますが、危機察知系のスキルですよ」

「その割にあんた膨大な魔力を持ってるねえ。勿体ない」

「はあ」

思わず、素の声が出てしまう。昔剣の才能がないと気づいた後、魔法の練習もしたことがあるがさっぱりだった。才能がなかったので、魔力なんて測ったことすらない。神解をよく使っていたからだろうか。

黙って聞いていたおっさんが口を開く。

「それではこれで試験は終了だ。結果はすぐ伝える。外で待っているといい」

「はい。ありがとうございました」

こうして俺の面接試験は終わり、そのまま席を立った。

◇◇◇

シビルが部屋を出た後、五十代の男が老女に尋ねる。

「ヨルバ様、なぜあのようなお話を？」

「なに、婆さんの暇つぶしさ。ただのね。今はまだ普通の男さね。だけど、何か感じたのさ。これから何にでもなれそうなね」

「ヨルバ様がそこまでおっしゃるとは……私の目ではそこまで見極めることができませんでしたよ」

青年が驚いたような声を出す。

「まあ、どちらに転ぶかは私にも分からない。楽しみにしておこうかねえ」

ヨルバはそう言って、微笑んだ。

◇◇◇

「ふう、緊張した。結果すぐに分かるって聞いたけど、どうなんだろうなあ」

俺は部屋から出た後、大きく息を吐く。休める場所を探して歩いていると、空き部屋から怒鳴り声が聞こえてくる。

「一言でいい。謝るんだ！　そうじゃなきゃどうなるか分からんぞ！」

のぶといおっさんの声が響き渡る。だが、叱りつつもどこか心配している声色だ。

「私は何も悪いことをしていない。もう謝るつもりはない」

返事をしたのは凛とした女性の声。姿は見えないが、落ち着いて堂々とした声である。

「相手が悪いのは分かっておる。だが、お前もやりすぎだ。このままだと懲罰ものだ。どうなるか……。お前ほどの逸材が」

「話は終わりですか？　では失礼します」

女性はそう言うと、空き部屋から現れそのまま去っていった。顔は見えなかったが、すらりと伸びた美しい足とプロポーション、そして綺麗な銀髪が後ろ姿からもはっきり分かった。

何があったんだろう？　さっきの話だけだとよく分からないな。俺は考えることをやめ、廊下のソファに座る。

「終わった？　お疲れ様！」

イヴが笑顔で走ってきた。相変わらず、微塵も落ちるとは思っていなそうだ。

「ああ。なんとか。合否はすぐ分かるそうだ」

「シビルなら大丈夫だよ！　私もデルクールとは違うところに赴任しそうなんだ。一緒だといいね」

「だな」

イヴに癒されながら、合否発表を待つとしよう。だが、その時間は長くは続かなかった。二人の護衛を連れた若い男がこちらに歩いてくる。

男は俺のことをまるで汚いものを見るような目つきで睨んだ後、イヴに笑顔を向ける。

「お久しぶりです、イヴさん。貴方はこの汚い軍において、まるで女神のようだ。このようないかにも弱そうな男にも大変お優しい」

男は金色の髪をオールバックにしている。男はイヴの手を掴むと、甲にキスをした。随分きざな野郎だ。

「おい、お前のようなもやし野郎が通る訳ないだろう。とっとと失せな。どうせイヴさん目当てで来たんだろう？」

のっけから失礼全開である。貴族だろうか？

「ちょっと私の友達に失礼なこと言わないで！」

「大変お優しいのは知ってますが、友人は選びましょう。ほら、あちらで私とローデルの未来について語りましょう」

男はそう言って、強引にイヴの手を掴み引っ張る。イヴの顔が僅かに痛みで歪む。

「おい、坊ちゃん。あんたの家じゃ女の口説き方は教えてくれなかったのかい？」

俺は男の腕を掴み、男を煽る。それを聞いた男の顔が怒りで歪む。

「殺されたいのか？」

「俺はまだ一般人だぜ、坊ちゃん。こんなところで一般人を襲っていいのか？」

一触即発の雰囲気が流れる。男は剣の柄に手を伸ばす。

あ、やばいかも……。

「あんた達、何やってんだい？」

静かに、だがドスのきいた低い声が廊下に響く。その声の先に居るのは、先ほど話していたお婆さんだった。それを見た男が両手を上げる。

「これはこれは……ヨルバ様。ただの戯れですよ。ただの」

そう言って笑う。

「そうかい。これからその子は同じ軍の仲間なんだ。仲良くするんだよ」

つまり、合格ということだ！

「やったね、シビル！」

イヴが喜びながら俺の手を握り、跳びはねる。子供みたいでとっても可愛い。

だが、貴族は不快そうな様子を隠そうともしない。

「こんなゴミを入れるなんて……人材不足もここまできましたか。帰るぞ、お前達」

「「はっ！」」

男は俺の方へ歩いてやってくると、通り過ぎる直前囁いた。

「お前は地獄に送ってやる。覚えていろ」

不吉すぎる捨て台詞。今受かったばかりなんだから、ちょっとくらい喜びに浸らせて欲しい。

「なんだったんだ、あいつ」

「あんた、中々短気だねえ。あいつはクラントン伯爵の次期当主だよ。クラントン家は人事にも顔がきく。おそらくやばいところに飛ばされるよ」

と笑いながら言う。まじかよ。

「お婆さんの力でなんとかなりませんかねえ?」

「そこまで面倒見れるかい。男が啖呵《たんか》きったんだ、自分でなんとかしな」

そう言われるとぐうの音《ね》も出ない。畜生。

「あんたの要望通り、軍師待遇さ。とても戦えるようには見えないからね」

「ありがとうございます」

どうやら幸先は悪そうだ。イヴと同じなどあのクラントン坊やが認めると思えないし。

「だ、大丈夫だよ! シビルなら……」

イヴが励ましてくれるが、語尾が弱い。

「そこのお嬢ちゃんは、メルカッツに赴任だ。あそこは最前線だ。頑張りなよ」

「は、はい!」

ヨルバさんの言葉に、背筋を伸ばしたイヴが返事をする。メルカッツは俺でも知っている都市だ。

ローデル帝国の北西の都市で、我が故郷アルテミア王国に接している都市である。隣国に接しているということは必然と戦も多い。まあ、最近アルテミアは隣国と戦争なんてしてないから大丈夫だろうけど。

俺達に報告を終えると、ヨルバさんは去っていった。

「メルカッツかあ。新しいところでも頑張らなきゃ」

やる気に溢れているイヴが眩しい。

「俺も頑張るよ。もしイヴが困っていたら助けに行くから」

「ありがとう。けど、シビルも無理はしないでね。シビル戦えないのに、無茶するから心配……」

「軍師だから大丈夫だよ」

そうは言いつつも、大丈夫なんだろうか。あの馬鹿のせいで、俺はどこに飛ばされるのだろうか。

その夜、イヴは新しい赴任先であるメルカッツに旅立っていった。

そして、俺の初めての赴任先は三日後に決まった。俺は伝えられた赴任先を聞き、わなわなと震える。

「おいおい、冗談だろう？　あのクソ野郎！」

赴任先はガルーラン砦。一年で九割以上が死ぬと言われている地獄の砦である。

俺が馬車に乗って早二日、自分の選択は間違っていたのだろうか、と考える。

「そういえば、イヴを助けるべきかどうかは、メーティスさんに聞いていなかったなあ」

と呆然と呟く。先日までいた駐屯地では皆、俺の赴任先を聞いた瞬間、気の毒な人を見るような顔をしていた。どうやらよほど評判が悪いらしい。俺ですら、ガルーラン砦のことは聞いたことがあったくらいだからな。

聞いた話では、三年以上赴任している者はいないらしい。

戻れるから？　違う。死ぬからだ。おかげで軍のゴミ溜めと言われているようだ。軍に必要ないと思われた者を送る場所となっている。

五日前に採用されたばかりなのに、あんまりだ。

『逃げた方がいい？』

『ノー』

「あっそう」

手続きもせずに、逃亡なんてしたらお尋ね者だもんなあ。どうしてこうなった。

「けど、捨てる神あれば拾う神ありってね」

そう言って、俺はある羊皮紙を取り出す。それはヨルバさんが一筆書いてくれた物だ。封蝋《ふうろう》されているため読めないが、俺のために書いてくれたようだ。

前線に出なくていい、って書いてくれたんだろうか？

「そろそろ着くぜ、兄ちゃん。それにしても、あんな評判の悪い場所によく行く気になるな。俺ならいくら金積まれても行きたくないぜ」

「俺もそう思いますよ」

商人のおっさんにすらその悪評は広まっている始末だ。

だが、俺も覚悟を決めるしかないだろう。このままじゃ俺まで死ぬ。

「では、いっちょ軍師として頑張りますかね」

皆を死なせないために来たんだ。俺が必要な場所だとポジティブに考えよう。

こうして俺は地獄の砦と言われているガルーラン砦に辿り着いた。

まず目につくのは廃砦かと思わせるようなボロボロの壁である。棄てられた盗賊の根城といわれても信じるくらいだ。

過去にはしっかりと砦を守る塁壁があったのだろうが、今はいたるところが破壊されており、壁としての役割もあまり果たされていない。

活気も全くないのが、外からも伝わってくる。そして視線の先には広大な森。この森から出る屈強な魔物から帝国を守るのがこの砦の役割らしいが、到底守り切れるとは思えない。

罅割《ひびわ》れた門から、猫目の青年が出てくる。

「君が最後の新人かな？　僕はクライン。君達の世話係といったところかな？　こっちへどうぞ」

クラインさんはとても人当たりの良さそうな笑みを浮かべている。

「シビルです！　これからよろしくお願いいたします」

「元気いいねえ。ここでは貴重だ」

クラインさんに連れられ、砦の中に入る。中もやはりボロボロである。辿り着いた部屋では既に二人の男女が座っていた。

「今回来た新人さんは全員で三人。皆軽く自己紹介でもする？」

クラインさんに言われ、新人らしい男の方が立ち上がる。

「初めまして。ダイヤ、といいます。僕は、魔法使いなんだ。土魔法が主かな……？」

と最後は自信なさげに言う。茶色の天然パーマが特徴の男だ。年齢は俺と同じくらいで二十前だろうか。

続いて女性が立ち上がる。

身長は百七十センチほど。すらりと伸びた綺麗な足に、引き締まった美しい体躯。まるで神が作り出したかのような抜群のプロポーションを誇っていた。

絹のような艶のある腰まで伸びた銀髪は、この空間では輝いて見える。

人形のような整った顔に、吊り上がった目をしていた。

「シャロン……」

とだけ言ってすぐに座った。全てに興味がなさそうな冷たい目をしている。この姿……どこかで見たような？

あ！　空き部屋で揉めていた女性だ！

「私はシビルと申します。ここには軍師として派遣されました。皆が生き残れるよう頑張りますのでよろしくお願いします」

俺はそのことには触れずに、挨拶をし頭を下げる。

「シビルは軍師なんだねー。よろしくね」

ダイヤは子供のような笑顔で、手を差し出してくる。

「よろしく頼む」

俺とダイヤが握手を交わしていると、シャロンが立ち上がる。おっ、握手かな？

「無能の指図は受けない」

と俺に言うと、部屋を出ていった。

なんという失礼さ……。突然突き放され、言葉を失ってしまった。

「か、彼女、皆にあの態度だから気にしないで」

ダイヤのフォローは果たしてフォローになっているのだろうか？

「まあ、挨拶は一応終わったようだから次は司令官にご挨拶に行きましょうか」

「はい」

ここのトップか。どんな人なんだろうか？

解。お爺ちゃんでした。

「君がシビル君か。よろしくのう」

凄く穏やかそうなお爺ちゃんである。どう見ても引退後の爺さんだ。俺は司令官に渡すように言われた羊皮紙を手渡す。

いったい何書いてあるんだろう？

爺さんは読み終わった後、目を輝かせて俺を見つめる。

え？　何？　そんな凄いこと書いてあったの？

「あ、あのヨルバ様が……ガルーラン砦のために天才軍師を送ってくださるなんて……わしは感動した！」

と涙を流してこちらを見ている？

どういうこと？　天才軍師って誰？　他に誰か来るの？

だが、爺さんの目線の先には俺しか居ない。

「すみません、少し見せてもらっていいですか？」

爺さんから、紙を受け取り確認する。

『ガルーラン砦を救うために天才軍師を送る。彼を信じて戦うといい。指揮に関して全権を移譲せよ。もし駄目だったら殺しても構わない。ヨルバ』

あの婆さん、何考えてんだあああああああああああ！　ハッタリかましすぎだろう！

だいたい、俺がどれだけ凄い軍師かなんてあんた何も知らないだろ？

興奮で頭が沸騰しそうになるも、なんとか呼吸を落ち着ける。今更騒いでももう遅い。一つ言えることは、俺は無駄に期待だけ背負ってしまったということだ。

「シビル君凄かったんだね。普通にしか見えなかったけど」

と世話役のクラインさんが言う。いや、あんたの目利きは間違ってないぞ。

「ヨルバ様はわしの憧れじゃったんじゃ。わしはもうここで死ぬと覚悟を決めておった。儂の指揮で若い者が死ぬのだけが嫌だったんじゃが……あのヨルバ様が言うんじゃ。君にガルーラン砦の命運を任せたい」

爺《じじい》、それは早計じゃないか？　俺指揮なんてしたことねえぞ!?

爺さんは俺の肩に手を置きながら、顔は涙でぐしゃぐしゃになっていた。

「いや、私はまだ若造ですし。そもそも私は天才軍師なんかじゃ……」

というか勉強させてくれ。無理だろ。

「何を言ってらっしゃるのか。ヨルバ様の言う天才軍師に教えられることなど……。今日中に砦中に通知を送っておきます。是非、その手腕で私達を救ってくださいませ」

すっごいプレッシャーだ……。そして、この司令官、話聞かねえ。

司令官である爺さんとの挨拶を終えた後は実際の兵士達との顔合わせだ。

食堂に兵士達は溜まっているようだ。俺は食堂へ向かった。

一目見ただけで死相が見えそうなくらい兵士達の顔は暗かった。机の上には安酒の瓶が無造作に置かれている。ボロボロの椅子と机には色あせたトランプが散らばっていた。

まだ昼頃なのに酒のせいか皆の顔は赤い。

兵士達は俺の横に居るクラインさんの顔を見ると、手を上げる。

「よう、クライン。やるか?」

兵士はトランプを見せながら言う。

「いいね。だが、今は新人の案内中だ」

クラインさんがそう言って、俺に目線を向ける。

「今日から赴任したシビルです。軍師として派遣されました。今後、よろしくお願いします」

と礼儀正しく挨拶をしてみる。

だが、それを聞いた兵士達は皆大声で笑う。

「ハッハッハッハ！　このガルーラン砦に軍師だって？　なんだ、自殺の手伝いをしろと本部に言われたか？　てめぇのような雑魚そうな奴の言うことなんて聞いてられるかよ！」

「どうせ俺達は軍のゴミだ。知ってるか？　ここは軍のゴミ溜めって言われてるのさ。反抗的な奴、無能な奴を殺すためのところ。だから、魔物の数に比べて兵士も少ない。もう終わりなのさ、俺達はな」

目も心も既に死んでいた。心が折れているのだ。この環境が彼等から誇りを、やる気を、生気を奪い取った。

それにしても、完全に舐められている。司令官の通達が回れば少しは変わるだろうが、俺は短い商人生活で学んだことがある。

この世界は舐められたら終わりだ。ハッタリでもなんでもいい。彼等が命を預けてもいいと思えるような存在にならないといけないのだ。

最初の対応は失敗だったかもしれない。

俺は雰囲気を変え、右足を机の上に乗せる。

「おい、お前が俺をどう思おうが関係ない。俺は軍師としてここに派遣されてきた。ヨルバの命をうけてな。明日からは指揮の全権は俺にある。俺の命令は、上官の命令と同じということだ。覚えておけ」

俺は兵士達を睨みながら告げると、そのまま食堂を後にした。

『あれは正解？』

『イエス』

　メーティスさんがそう言ってるなら、大丈夫だろう。

「クラインさん、付近の森の魔物の情報などをまとめている書庫はないですか？　あらかじめ学んでおきたいんです」

「こっちだ。期待してるよ、天才軍師君」

　クラインさんは俺に書庫の在処を伝えると笑いながら去っていった。

　書庫は誰も使っていないのか、埃まみれだった。本にかかった埃を払い、魔物についてまとめられた本を読む。

「一刻も早く覚えて、メーティスに色々聞かないと」

　天才軍師と勘違いされている以上、俺は皆のためにも天才軍師になるしかない。どちらにしても軍師は人の命を預かる職業だ。そうである以上全力を尽くすべきだ。

「それに……俺はこんなところで死ぬ訳にはいかない」

　そう呟き、俺は朝までずっと書庫にこもり文字の海に溺れていった。

　翌日、俺は机に突っ伏していたところを、ダイヤに起こされる。

「シビル、初日から凄いやる気だったね。そろそろ、朝ご飯だよ」

　そう、笑顔で言う。いつの間にか寝てしまっていたのか。

　ダイヤと共に、食堂に向かう。食堂は現在おばちゃん一人で切り盛りをしているらしい。

「あんたが新入りかい。しっかり食べな」

そう言って、パンと、野菜スープを椀に掬《すく》って渡される。味はいまいちだが、しっかり量はあるのが救いだ。

そして司令官は約束通り、朝食の席で堂々と宣言した。

「なんと、我が砦にヨルバ様から援軍が届いた。多くの戦いを勝利に導いた天才軍師のシビル君だ！あのヨルバ様の懐刀である彼が来たからにはもう大丈夫だ！　私は彼に指揮についての全権を移譲する。今後は彼に従うように！」

と堂々と宣言する。多くの戦いを勝利に導いた？　俺軍師初心者なんですけど？

「すげぇ！　遂にガルーラン砦にもまともな援軍が！」

「本当かよ……。こんな地獄の地に、胡散臭い」

喜ぶ声や、疑う声など様々だ。それも当然だろう。

一方それを純粋に信じて喜んでくれる者も居た。

「凄いね！　僕ここで死ぬんだろうなあ、って思ってたけど、希望が見えてきたよ！」

と隣のダイヤが輝くような目でこちらを見つめている。謎の罪悪感が……。

「任せとけ」

こうして、人は嘘に嘘を重ねるのです。

ガルーラン砦は現在、午前九時から午後二時までが訓練時間になっている。間に昼休憩が三十分入るが後は自由時間と、自由にしていい時間が長い。大丈夫か、ここ。それに訓練ですら、出ない者が多い。ゴミ溜めの名は伊達じゃなかった……。なんてことだ。

俺が午後二時まで調べものをしようと書庫に向かっていると、前方に綺麗な銀髪が見える。訓練場のある方とは全く別の方向である。

「シャロン、訓練には出ないのか？」

俺の言葉を聞いたシャロンは振り向くと、顔を歪ませる。

「誰が出るか。強くもなければ、向上心もないあんな奴等と一緒に鍛錬してもたかが知れている」

中々強い返しだ。

「そこまで嫌わないでも……」

「はっきり言ってやる。私は兵士が、大嫌いだ！　兵士なんてどうしようもないゴミ共の集まり。誇りも何もない、汚い奴等の集まりに過ぎない。それはお前も同様だ。分かったらとっとと帰れ」

シャロンはそう冷たく言い放つと、去っていった。

「お前も兵士じゃないか……」

俺は、シャロンが消えた後にぽつりと呟く。

あそこまで嫌うということは、何かあったのだろうか。俺はシャロンのあの態度が逆に心配になってしまった。だが、そればかり気にしている余裕はない。

その後俺は二時までひたすら書物を読むと書庫を出る。

「俺はお前なんて全く信用してねえぞ、小僧！　こんな若いのに軍師だなんて、胡散臭い。戦えねえくせに偉そうに俺達に文句ばかり言うつもりだろ！」

書庫を出たらいきなり兵士達に絡まれてしまった。どうやら俺を信じていない奴等で固まってこちらに来たようだ。だが、全員が若い俺を信じるとはこっちも最初から思っていない。

「次の戦で皆が真面目に戦い、一人でも怪我人が出たら俺は軍師を降りよう。今まで通り好きにしたらいい。死ぬまでな。だが、俺が一人も死なせず、怪我もさせずに一戦を乗り切ったら、これからも俺の指示に従ってくれ」

「一人も怪我人も出さずに？　ここじゃあそんなこと夢物語だ」

兵士の一人が鼻で笑う。

「それを可能にするためにここに来たんだ。真面目に戦うのも条件だ。勝手に飛び出されて怪我されたら、どうしようもない」

「偉そうに！　そもそもそんな条件誰が……」

拳を握り振り上げる兵士。うーん、短気すぎる。やばいかもしれん。

「まあまあ。いい条件じゃないか。怪我人が出たら、彼はもう降りてくれるんだろう？　ここで怪我人ゼロがいかに難しいかは俺達が一番分かっている」

だが、突如俺達の間に入る者がいた。クラインさんだ。

「クラインがそう言うなら……」

兵士達はクラインさんの言葉を聞き、悪態をつきつつも素直に去っていった。

「信用されてるんですね」

「まあねー。頑張ってくれ、軍師殿。結構厳しい条件だよ」

クラインさんは笑いながら去っていった。クラインさんも信じてなさそうだな。まあ、いいさ。

その後、外に居たダイヤと合流する。ダイヤは魔法の練習をしていた。地面がなにやら動いている。

「ダイヤは土魔法が得意なんだっけ？」

「うん。土魔法なんだけど……僕はあんまり役に立たないと思うよ」

ダイヤは申し訳なさそうに言った。随分自信がなさそうだ。

「そんなことはない。魔法使いなんて、凄い戦力だ」

「僕は土生成と、土変形の二種類の魔法しか使えないんだ。ごめんよ」

ダイヤは悲しそうに言う。ダイヤは俺に謝っているが、いまいち謝る理由が分からない。

土生成と、土変形？　砦にうってつけじゃないか！

「凄いじゃないか！　その力なら砦を守るには最適だ！　お前の力はきっと活かせる！」

俺はダイヤの両肩を力強く掴み叫ぶ。

「そ、そうかな」

俺の反応に面食らったのか、少し驚くダイヤ。

「ああ。穴作れるか？」

「それくらいなら簡単だよ」

ダイヤが地面に手をあてると、すぐに土が動き、穴が出来上がった。早さも素晴らしい。魔法に詳しくない俺でも、ダイヤの魔法の精度が高いのが分かる。

「壁も作れるか？」

「勿論」

そう言って、シビルは一瞬で分厚い壁を作り上げた。触ってみるが、中々硬度も高い。これなら塁壁としても機能しそうだ。

「素晴らしい。早さといい、精度といい文句ないな。ダイヤの努力がこれだけでも分かるよ」

俺は感嘆の声を上げる。俺の言葉を聞いたダイヤは少し照れながら頬を掻く。

「魔法学校でも、この二つの魔法だけは負けないように毎日練習してたんだ……」

「この砦を守るには絶対にお前の力が必要だ。頼む。皆のために、その力を貸してくれないか？」

俺は両手を合わせて、頭を下げる。

「……僕で少しでもお役に立てるのなら」

ダイヤは俺の頼みを二つ返事で了承してくれた。

こうして、土魔法使いダイヤによる砦改造計画が始まった。

『魔物による襲撃は三日後？』

『イエス』

俺は昨日のうちに魔物の襲撃時間を割り出していた。勿論どの魔物が何体、いつ、どこから襲撃してくるか。全てメーティスに確認済だ。

この砦の死者が多いのは、勿論練度が低いのもあるが一番の要因はこの全く機能していない砦の設備である。

全く役に立たない、穴だらけの壁。この砦は魔物が町に行くのを止めるために作られた。魔物にこの砦を無視された場合は、追ってでも戦わなければならない。そこを返り討ちにされてやられることも多いが、まずは守備だ。

「次はここに壁を頼む」

俺はダイヤに指示をしながら要所要所に壁を建てる。そして、手の空いている者達と壁の前方に柵を配置した。

「なんでここなの？」

「三日後に西と東からラックボア四十体が砦を襲う。だからまずは襲撃場所を中心に補強していく」

「ラックボアが四十体も？　大変じゃないか!?　けど、なんでシビルはそんなことが分かるの？」

ダイヤが驚きつつも、尋ねてくる。ラックボアはD級の猪系魔物だが、なぜか左角か、右角のどちらかしか生えていない、ラック《不足》しているためそう呼ばれている。昨日読んだ本に書いてあった。

「俺のスキルは、固有スキルでな。いつどんな魔物が来るかあらかじめ分かるんだ」

「ええっ!?　そんなスキル聞いたことないよ……」

「なに、すぐに皆信じるさ。俺の言う通りに魔物が来るんだからな。今、壁や柵を作っているところに、ラックボアがやってくる。場所も数も分かっていればいくらでも対処はできる。次そこに穴頼む。深さは二メートルくらいで」

「天才軍師って言われるくらいだからあり得るのかな？　できたよー」

これから、ダイヤの土魔法でできる限り急造の要塞を作り上げるしかない。ダイヤには悪いが、手を借りる。

「ありがとう、本当に助かる。ところで、シャロンはなんであんなに俺達を、兵士を嫌っているのか、ダイヤは知っているか？」

「いえいえ。土魔法が少しでも役に立てれば嬉しいよ。うーん、僕も分からないんだよねえ。学校時代の知り合いに聞いてみるよ」

いい奴すぎる。ガルーラン砦の良心と言えるだろう。その後も土木工事は続いた。

夜、皆が寝ている時間に書庫へ向かう。勿論、司令官から許可も貰っている。

「ん？　何か音が聞こえるな。何かを振るう音？」

耳をすませると訓練場から音がする。だが、この砦にそんな熱心な者がいるのだろうか？　疑問を持ちつつ、訓練場を覗く。

するとそこには凄まじい集中力で流麗に大剣を振るうシャロンの姿があった。剣を振るわない俺でも分かるほど彼女の動きは洗練されていた。まるで舞っているかのような動きに、俺の目は奪われる。柄まで全て真っ白な大剣は彼女にとてもよく似合っていた。

「あいつ、日中の訓練には出ないくせに……」

俺はそう言いつつも、口角が上がるのを抑えられなかった。彼女はどうやら中々意地っ張りらしい。あの動きだけで、彼女が強いことが分かる。

俺は見ないふりをして、訓練場を去り書庫へ向かった。

そして遂に三日後、ラックボアの襲撃の日がやってきた。朝食後の朝礼で告げる。

「皆、今日の午後一時十一分、砦の西門に二十五体、東門に十五体ラックボアが襲撃にやってくる！

これは確かな情報だ！」

俺の言葉を聞いた兵士達がざわめき始める。

「四十体も!?　今度は何人死ぬんだ？」

「そもそもなぜそんなことが分かるんだ？」

「疑問に答えよう。俺がヨルバから派遣されたことは知っているな？　それは俺のスキルが理由だ。俺のスキルは危機察知と未来予知を併せ持つ。魔物がいつ来るか、どこに来るかも分かっている。ここ三日間俺の改修作業に付き合ってくれた者も居たと思う。それは今日のためだ。俺は誰も死なせないためにここにやってきた！　俺を信じて、戦って欲しい」

俺の言葉を聞いた、兵士達から戸惑いを感じる。その沈黙を破ったのは同期の友だった。

「勿論！　僕らの役目は町を守ることだからね！」

ダイヤが立ち上がる。

「シビル君を信じて、皆戦うんじゃ！　今までの死人だらけのガルーラン砦とはもうお別れをする！

そのために彼は来たんじゃ！」

司令官の爺さんも立ち上がり、叫ぶ。その言葉を聞き、他の者も立ち上がる。

「皆、準備を！　今日からこの砦は生まれ変わる。難攻不落の砦としてな！」

「「「おおー！」」」

一部の兵士達が叫ぶ。俺にしては上出来だろう。

こうして、俺の軍人としての初戦が始まる。

俺は、昼までに魔物達のルートを説明する。

「皆、弓でここを狙って欲しい。ラックボアはここを通る」

一体一体の侵攻ルート全てに矢の雨を降らせるのだ。皆そこまで弓の実力がある訳ではない。そのため、全体二百人のうち百五十人近くの兵士で四十体のラックボアに当たらせる。

皆、俺のスキルに半信半疑のようだが、話は聞いてくれる。天才軍師という肩書が効いているのだろう。そう思うと、ヨルバさんの援護はこれを予想していたのかもしれない。

シャロンは俺を信じていないのか、大剣を持ち遠目からこちらを窺っているだけで参加はしないようだ。

「机上の空論かもしれないが……やるしかないよな」

俺は手に汗を握りつつも、一切不安を顔に出しはしなかった。俺が不安がると、皆も不安だからだ。トップはいつも余裕綽々《しやくしやく》として部下達を安心させないといけない。

そして遂に、午後一時十一分が訪れる。

メーティスの予想通り、四十体のラックボアが東門、西門側から現れる。それを見た兵士達の顔が強張る。

「本当に来やがった……」

「こんな小さな壁で大丈夫なのかよ？」

兵士達はダイヤが作った壁から顔を出し、矢を番《つが》える。俺はラックボアが通るルートを説明している。そこを狙うだけで良い。

俺は中央の指令塔で皆の様子を見つめていた。ダイヤに作らせたただ高いだけの土製の塔である。

「皆、焦るな！　言っていた場所までおびき寄せろ！」

通るルートの場所には、小さな木の枝を二本立てている。そこを通った瞬間を狙わせる。

「一番隊、放てぇぇ！」

俺の叫びと共に、一番隊と命名された二十人の兵士が一斉に矢を放つ。二十本の矢は全てラックボアに突き刺さり、大怪我を負わせた。だが、動きは鈍くなるもまだ止まらない。

ラックボアはそのまま走り続けるも、その先にも勿論罠がある。深さ二メートルを超える落とし穴だ。土魔法によって普通の地面にしか見えない落とし穴に気づくのは困難だったのかラックボアはそのまま穴に落ちる。

「すぐさま落石だ！」

俺の号令と共に、兵士達が巨大な岩をラックボアに投げつける。五個目を投げつけたところで、完全に一匹目が沈黙した。

「やったぞ！」

一番隊の者が歓声を上げる。

「一番隊、次の持ち場へ！」

俺はすぐさま次の指示を出す。百人以上いるとはいえ、誰も死なせないためには人数差で押すしかない。

「他は……」

他の持ち場も、仕事内容自体はシンプルなため失敗することもなく、次々と成功していた。矢の雨で半分くらいのラックボアは死ぬが、死ななかった先には落とし穴だ。メーティスさんにあらかじめ聞いていたが、落とし穴を躱せるラックボアは今回いないらしく、矢の雨を越え生き残ったやつも落とし穴の餌食となった。

「あれで最後だな」

最後のラックボアが落とし穴にはまる。大量の落石によりお亡くなりになった。誰も死なずに乗り越えられたのが信じられないのか、兵士達が互いに顔を見合わせる。

「初めてじゃねえか？　群れと戦って、怪我一つないの……」

「ああ……」

兵士達も嬉しいのか、顔がほころんでいた。

「皆、俺達は勝った！　それも誰一人怪我人すら出さずに！　これは皆の協力のお陰だ。この勝利は我々皆で勝ち取った勝利である！　だが、俺はこの一戦を偶然で終わらせるつもりはない。これからは、誰も死なせない！　そのために皆の力を貸して欲しい。今日からここはゴミ溜めなんて言わせない！　立ち上がれ！」

「「「「「うおおおおおおおおおおおおおおおおお！」」」」」

今度は朝と違う本当の歓声が空に響き渡る。ガルーラン砦の快進撃はここから始まる。

◇◇◇

シビルの弟であるハイル・ロックウッドは部下を従え、デルクールに辿り着いていた。ハイルから見てもデルクールの惨状は酷いものだった。壁の一部が完全に崩されており、周囲の家も倒壊している。

「帝国はここまで弱っているのか。すぐさま攻め入っても余裕で勝てそうだ」

と馬鹿にしたような笑みを浮かべる。

「魔物の群れにやられたようですよ。グランクロコダイルが率いていたそうです」

ハイルもグランクロコダイルの名前くらいは聞いたことがあった。

「確かにB級は厄介かもしれんが、町を守る兵士たるもの、その程度は討伐せねばならんだろう」

「その通りです」

部下達とデルクールの兵士を馬鹿にしながら、町を堂々と練り歩く。

「あの臆病者は町の惨状を見るに死んでいるかもしれんなあ。手間が省けて丁度いいが」

「ハイル様、この町の領主はベッカー子爵というらしいです。面会し、情報を集めてはいかがですか？」

「そうするか。領主の屋敷に向かうぞ」

ハイルはベッカーの屋敷へ向かった。

高級そうな調度品が並ぶ応接間にハイルとベッカーが対峙していた。

「ハイルさん、こんにちは。町がこんな状況のため、ろくな歓迎もできずに申し訳ありません」

ベッカーは突然の訪問にも嫌な顔一つせずに穏やかに対応する。

「別に構いません。少し尋ねたくてここに来たのです。兄を探しています。名はシビルという」

その言葉を聞き、ベッカーの顔が変わる。

「シビルさんの弟さんでしたか！　良いお兄さんをお持ちですね」

ベッカーからすれば、町の恩人である。当然の言葉であった。だが、ハイルからすれば違う。

「いや、うちの愚兄です。ベッカー子爵があの臆病者を本当に知っているとは。何かやらかしましたか？　死んでいるのかだけでも、知りませんか？」

嘲るようなハイルの口調を聞き、ベッカーは眉を顰めた。二人の関係を察したのだ。シビルは一度も自分を貴族と名乗らなかった、何かあったに違いないと。

「いや、町が襲われた時に少し話しただけで、今後の行き先までは知りませんな。お役に立てずに申し訳ない」

そう言って、ベッカーが頭を下げる。

「本当に知らんのか？　隠し立てはためにならんぞ？」

ハイルの部下が睨みつける。だが、それに反応したのはベッカー家の兵士である。

「貴様、我が主を愚弄するのか！」

ベッカー家の兵士が剣の柄に手をかける。

「やめておけ。うちの部下が失礼を。知らないようですので、これで失礼します。本日はお時間を取っていただき、ありがとうございます」

ハイルはそう言うと、頭を下げ館を去っていった。

「中々仲の悪そうな兄弟でしたね」

兵士が呟く。

「ああ。憎しみすら感じさせる態度だった。彼はもしかしたら、国を追われてここに来たのかもしれないね。勿体ないことをする」

「ロックウッド領は剛の貴族。戦闘系スキルでないため、当主争いに敗れたのかもしれません」

兵士の言葉は正鵠を射ていた。

「古いねえ、考えが。まあいい。シビル君の情報は漏らさないように。恩人に迷惑をかける訳にはいかないからね」

「はっ」

ハイルは屋敷を出ると、不快そうなのを隠そうともしなかった。

「あの野郎、何か知ってやがったに違いない。あんなゴミ庇いやがって。だから雑魚如きに、ここまでボロボロにされるんだよ」

ハイルは苛立ちながら周囲の物に当たる。

「どうされますか？」

「あいつが知ってるくらいだ。どこかに情報はあるはずだ。調べ上げろ。おそらく生きてやがる」

「はっ！」

「必ず殺してやる……。次期当主は俺だ！　絶対にな……！」

ハイルがシビルへの殺意をむき出しにしている、すぐ側を通る女性の姿があった。

「もうー、生きてたなら私に一言くらいなにかあってもいいじゃない。あの馬鹿……。絶対文句言ってやるんだから」

嬉しそうに悪態をついていたのはネオンである。ネオンは、グランクロコダイル討伐後すぐさまデルクールに戻ってきた。勿論、シビルを心配してのことだ。

だが、ディラーから聞いたのは、なぜか軍に入るため町を出たというよく分からない状況であった。

その後はディラーも知らないようだ。

「戦えないくせに。大丈夫かな？」

心配そうにネオンは呟く。ネオンも、ハイルもシビルを探しているというのは同じであった。ただ、目的が大きく異なるが。

この二人が出会わなかったのは僥倖《ぎょうこう》といえるだろう。こうして二人の者がシビルを探すために動き出していた。

◇◇◇

あの劇的な勝利から二週間、ガルーラン砦は快進撃を続けていた。そのおかげでお通夜のように暗かった砦に少しずつ活気が戻っていた。

「俺達はここで死ぬと思っていたが……まだ長生きできそうだな！」

「俺なんて、町に子供と嫁を置いてきてるんだ。シビルは俺達の希望だ」

兵士達も希望を持ち始めたのか、訓練にも精が出る。皆の顔から暗い影が消えたのが嬉しかった。

「本当に、皆の顔明るくなったね」

「ああ。良かった」

ダイヤの言葉に素直に頷く。今のところ、うまくいっている。ダイヤには悪いが、毎日砦の補修をお願いしていた。土魔法を使えるのはダイヤだけだから負担が集中している。

「いつもすまないな、ダイヤ。他にもできる人がいれば良かったんだが……」

「全然だよ！　僕なんかでよければ」

「ダイヤじゃなきゃできないんだよ。ダイヤは凄いよ。だから、あまり卑下するな」

「ありがとう。そんなこと言ってくれるのは君くらいだ。僕はずっと軍の魔法学校で馬鹿にされてたんだ。二種類しか魔法を使えないからね」

ダイヤが俯きながら言う。

「魔法学校の奴等は見る目がないな、それは」

俺は笑う。

「僕は大魔法使いシモンに憧れて魔法学校に入学したんだ。シモンみたいになれたらいいなあ。いつかは帝都の帝国魔法院に入りたいと思ってたけど、夢のまた夢だ」

「諦めるなよ、ダイヤ。ここで結果を出して、堂々と凱旋《がいせん》してやれ。ダイヤなら、きっと大魔法使いにもなれる」

「うん。まずは、ここで頑張るよ。シビルも毎日色々考えてるんでしょ？　皆知ってるよ」

魔物ごとに戦い方を考えないといけない。弓矢の数も限られるため、皆の特徴を踏まえて作戦を練らないといけないのだが、それが難しい。やはり、軍略に関してはまだ素人なのだ。

「俺の作戦で、皆を生き残らせるんだ。必ずな」

「ありがとう、隊長」

最近皆から隊長と言われるようになった。司令官は別にいるための称号だろう。

「よう隊長。隊長の言う通り、武器をバトルアックスに替えてから調子がいいんだ」

「それは良かった。これからもよろしくお願いします」

兵士の一人であるゲルトさんが、バトルアックスを上げながらこちらに声をかけてきた。彼は元々剣を使っていたが、メーティスに尋ねるとバトルアックスが向いているようだったのでそう勧めたのだ。

俺は兵士達に、各自向いている武器をそれとなく伝えている。一度くらいならと皆使ってくれ、気に入った者はそのまま武器を替え鍛錬をしている。

地味な変化だが、向いている武器を知れるだけでも少しは有利になるだろう。

前方から歩いてくるシャロンが目に入った。

「シャロン、おはよう！　朝の鍛錬か？」

俺はシャロンに声をかける。あの剣技を見る限り、絶対にこれからシャロンの力も必要だ。それに同期としては仲良くしたいものだ。

「……」

シャロンは、軽くこちらに目を向けると挨拶も返さずそのまま去っていった。まだ心は閉ざされたままのようだ。

「相変わらず気取ってやがるぜ。誰も奴が戦ってるところを見たことねえ。あいつは戦えない、って話もあるくらいだ」

遠くに居た兵士の一人がシャロンの後ろ姿を見ながら悪態をつく。

深夜の訓練を見る限り、明らかに鍛錬を積んでいると思うが。

「相変わらずだねえ。そういえば、シャロンのことを知り合いに聞いてみたけど、色々分かったよ。けど、あまりにも酷い話さ。これじゃあ、ああなるのも無理はない」

ダイヤが忌々しそうに言う。

「聞かせてくれないか？」

それが、なにか彼女の閉じた心を開けるきっかけにでもなれば、と思う。

「彼女は小さい村の出身らしくてね。小さな村では得られるスキルなど殆どが農業関係のスキルだ。だが、彼女は『聖騎士』を引き当てた。彼女の両親は涙を流し、喜んだらしい。彼女もその期待に答えられるように努力を重ねた。村の人達を守るために、民を守るためという高貴な目標を持って軍に入った。彼女は軍に入った当時、いつか絵本で見たような格好良い女騎士になる、と友人に語っていたみたい。その頃は今と違って、笑顔も多く、美しい銀髪から軍では『白銀《はくぎん》』と呼ばれてた」

そこで、ダイヤは一旦話をきった。

「だけど、現実は儚くも残酷だったんだ。戦う気もなく生まれだけで威張っている弱い貴族。略奪しか考えていない下種な同僚。そんな場所で、綺麗なシャロンに近づく者は腐るほど居た。彼女も最初は我慢していた。だが、少しずつ彼女は軍に幻滅していったみたい。そして死んだ目で大剣を振るう白銀が生まれたんだ」

「酷い話だ……」

だが、軍とはそういうところでもある。人数が増えるとどうしてもそのような人間も現れるのだ。外から見える綺麗な軍の中身が、腐りきっているという話はどこにでもある。

「最近シャロンは、無理やり自室に連れ込もうとしてきた中年貴族の顔を殴り飛ばして、呼び出しを受けた。その結果、聖騎士というスキルを持っていたにもかかわらず、ゴミ溜めと言われるここに飛ばされてしまったみたい」

あまりにも酷い話だ。それであの態度か。もう軍の人間も誰も信じられなくなってしまったのだ。民を守る格好良い騎士どころか、女を無理やり襲うゴミの集まり。嫌っても仕方ない。

だけど、それじゃあまりにも救いがない話じゃないか。勿論、汚いところもある。だが、それだけで軍全てに絶望するなんて。

「分かった。なら、俺が証明してやる。騎士だって、ゴミだけじゃないと。真《まこと》の騎士は存在すると、信じるに値する者だって！」

俺は力強く宣言する。

俺の言葉を聞いたダイヤが笑う。

「そうだよ！　本当に民のために頑張っている者だっているんだ。真の騎士は居るって証明しよう！」

「ああ。具体的な手段は……俺達が日々騎士として正しい行動をするしかないな。これればかりは一日でなんとかなる問題じゃない」

行動で示すしかないのだ。言葉だけでは彼女には届かないだろう。

「そうだね。恥じない行動を」

俺達はそう誓い合った。

ダイヤと話していると、向こう側から世話役であるクラインさんがやってくる。

「おーい、シビル。武器庫見たいんだって？　今から向かうし、来るかい？」

「クラインさん、お願いします」

今まで武器管理は任せていたが、在庫も確認しておいた方がいいと考え頼んでいた。武器庫の管理は古参であるクラインさんが行っている。それどころか、うちの会計すらクラインさんが行っているらしい。

一人に頼りすぎでは？

武器庫は地下にあるのか、かび臭い石造りの階段を下る。鉄製の厳重な扉を鍵で開けて中に入る。

「意外にあるだろ？　皆すぐに死んじまうから、ってのもあるんだけどね」

「そうですね。ってなんですかこれ！」

俺の目線は一つの美しい白い弓に釘付けになる。ボロボロの武器だらけの武器庫の中に、一つだけ素人の俺でも分かるほど素晴らしい弓があった。

魔力に鈍感な俺でも分かる。これは魔法武器で、とっておきの業物だろう。

「ああ。それはランドールの悠弓だよ。皆最初はそれを使いたがるんだ。帝国でも特に高難度のダンジョン深部のレアドロップでね。エピッククラスの弓。凄い額で最初取引されたらしい。だけど、誰もその弓を引けなかった。それどころか無理矢理引こうとすると、持ち主を攻撃してくるんだ」

クラインさんも俺の反応を予想していたのか、すらすらと説明してくれた。

「持ち主を攻撃って……どういうことですか？」

そんな武器聞いたことないぞ。いくら何でもヤンチャすぎる。名馬みたいなものか？

「雷魔法で、攻撃されるんだよ。うちの奴等も何人か熱いのを食らっている。誰も使えなかったからどんどん持ち主が入れ替わってね。それに怒った当時の持ち主の貴族が破壊しようとしたけど中々壊れなかったようで、最終的に当時のこの砦のトップが記念に安く買ったらしい。皆それを引こうと一度は挑戦するんだ。シビルもするかい？」

もはや恒例行事になっているようだ。

「勿論！」

俺は元気よく頷くと、矢を持って弦を引っ張ろうと試みる。だが、全く弦が動く気配がない。話はどうやら本当らしい。

『この弓は本当に使える？』

『イエス』

どうやら使える武器ではあるようだ。

「どうやらシビルでも無理なようだね。呪われしランドールと言われてるよ」

そう言って、クラインさんが笑う。

だが、俺はこの弓から何かを感じる。振り向かせてやるよ、ランドールをな！

「これ、俺が使っていいですか？」

「使える者に譲る。って購入者が言ってたらしいからいいんじゃない？　あまり無理をすると、雷に打たれるから気を付けてね」

クラインさんはそう言って、鍵を俺に渡して去っていった。

「けど、全く引けないなあ。なにか条件でもあるんだろうか？」

『引くための条件がある？』

『イエス』

「メーティスに尋ねて、調べるしかないかね？　それにしても、攻撃までするなんて、まるで物に意思があるみたいだな。まさかな？」

そう言いつつも、尋ねてみる。

『ランドールは意思がある？』

『イエス』

まじかよ。てことは気に入った者にしか引かせないとか？

『気に入った者にしか引かせない？』

『イエス』

『言葉は分かる？』

『イエス』

おおー。意思のある武器か。凄いな。

「ランドール、意思があるんだってな。なぜ分かるかって？　そういうスキル持ちなんだ。俺は君を使いたいと思っている。これから君を持ち歩くから、俺を気に入ったら力を貸して欲しい」

勿論返事はない。本当に言葉分かってるんだよね？　分かってなかったら俺馬鹿みたいだ。というか傍目にはただのやばい奴である。

『いつか心を開いてくれる？』

『イエス』

『半年後？』

返事はない。俺次第ってことか？　まあ頑張るしかないか。

「よろしくね、ランドール」

こうして、弓に話しかけるやばい男がここに一人爆誕した。

翌日。俺は襲ってくる魔物を仕留めるために、兵士達をあらかじめ振り分ける。今回の襲撃は百体を超える群れだ。

オーク六十五体と戦闘魔蟻《ギガアント》四十体。

厄介なのは戦闘魔蟻である。戦闘魔蟻はD級魔物で、全長百七十センチを超える。顎が発達しており、その顎は人間など容易く食いちぎる。穴を掘って地中から襲ってくるのだ。塁壁も意味をなさない上に、奇襲としても大変厄介だ、通常なら。

だが、あらかじめ出現場所を全て予測できるのなら危険度は格段に下がる。

「今回は魔物の数が百超えるのか……」

「しかも、戦闘魔蟻らしい」

今までより少し心配そうな兵士達に俺は声をかける。

「戦闘魔蟻の出現場所は全て把握している。そこを二人がかりで守り戦ってもらう。こちらが先手を取れれば、蟻など怖くはない」

「ああ」

兵士達は剣や槍を持ち、敵の出現に備える。

予定時刻の午後二時頃、森側からオークの群れが現れる。

「放て！」

俺の指示を受け、矢の雨を降らす。死ななかったオーク達にも、壁の上から次々と攻撃を加える。

皆も少しずつ砦での守りの戦いに慣れてきたのか、安定しているように見える。

「そろそろ、戦闘魔蟻が地面から現れる。兵士達、備えろ！」

「「応！」」

そこら中の地面が隆起し始める。そして、遂に土の中から戦闘魔蟻が顔を出した。

「かかれ！」

俺の号令と共に、兵士達が一斉に武器を振るう。槍や剣が、戦闘魔蟻の頭部に叩き込まれる。

「ギュイイイイ！」

戦闘魔蟻達が悲鳴を上げた。完全に先手を取ったのは大きい。そこまで混乱することもなく次々と戦闘魔蟻を討ち取っていく。

俺は勝ちを確信していた。内側の戦いはこちらの勝利で終わりそうだ。後は西門側のオーク達だけだ。西門側はどうなっているのだろうか。

『西門側に援軍が必要？』

『イエス』

俺は少しだけ驚く。オーク六十体は多いが、今の皆ならそこまで厄介とも思えなかったからだ。

「ダイヤ、西門側に援軍に行ってくれ」

「う、うん！」

ダイヤは俺の指示を受け、走る。

『塁壁が破壊される？』

『ノー』

『門が破壊される？』

『ノー』

どちらでもない。なら、なぜ……？

だが、その理由はすぐに明らかになった。門が開き始めたからだ。

「なぜ門が開いている！」

俺は思わず叫ぶ。閂《かんぬき》がなぜか抜かれていた。ちゃんとかけたのは確認したはず⁉

「ダイヤ、門の先に大穴を！」

俺の指示を聞いたダイヤが、門の先に大穴を生み出す。門を突破してきたオーク達が次々と大穴に落ちる。

「狩場だ！　いっきに仕留めろ！　全軍、門の前で構えろ。総力戦だ」

大穴に落ちたオークを仕留める。オーク達は穴に落ちることも厭わず、中に侵入し始める。そこに矢の雨を降らせた後、乱戦が始まった。

しばらくオークと斬り合いはあったものの、無事死人を出さずに勝利を収めた。

「俺達は、こんな数の魔物でも勝てるんだ！」

兵士達はこの勝利を大いに喜んだ。

「流石、隊長だ！」

俺の肩を抱き、喜ぶ兵士。だが、俺はなぜか開いていた門が気になって仕方がなかった。

「邪魔だな……」

どこかで、そう呟く声が聞こえた。

俺はその後、閂がなぜ抜かれていたかを調べ始めた。

『西門の閂は誰かに抜かれた？』

『イエス』

やっぱりそうか。考えたくないが、裏切者が居る可能性があるな。
『ガルーラン砦の兵士による犯行？』
『イエス』
『他国のスパイ？』
『ノー』
考えすぎか。なら、嫌がらせの可能性が高いな。
『俺への嫌がらせ？』
『イエス』
俺は一人一人容疑者について尋ねる。そして遂に犯人が判明する。
『これを行ったのはクライン？』
『イエス』
クラインさんか……。そんな嫌われていたとは思わなかったよ。
悲しい。
『目的はガルーラン砦の陥落？』
『ノー』
別にここを潰そうとしている訳じゃないんだよなあ。嫌われたか。目立ちすぎたか。
「どうしたの？」
ダイヤから声がかかる。どうやら中々集中していたようだ。

「さっき西門が開いていただろう？　どうやら内部の犯行みたいなんだよな」

「えっ!?　どうしてそんなことするの？　他国のスパイ？」

「どうやら嫌がらせっぽいんだ。犯人も分かったんだが、証拠がなくてな」

「……君への？」

「うん」

「こんな極限の砦ですらそんなことが起こるんだね。頭が痛くなるよ。どうするの？」

珍しくダイヤが呆れたような顔で言う。

「当分は様子見だ。何と言っても俺のスキルで分かっただけで証拠がない。そんな状況で指摘しても関係が悪化するだけだ」

「それしかないか。今度からは僕も門を確認するよ。シビル、気を付けてね」

「ああ。嫌がらせに負けてちゃ世話ないからな」

だが、何か対策も練らないとな。敵は魔物だけじゃないとは……憂鬱だ。

◇◇◇

深夜一時頃、書庫では寝落ちしたシビルが机に伏せていた。扉が開く音が響く。

シャロンだ。

シャロンは寝ているシビルの姿を確認すると、シビルが呼んでいる本を確認する。

そこには『兵法の基本』と書かれていた。

「天才軍師……ね。見栄っ張りな奴だ」

シャロンはそう呟くと、書庫を去っていった。

◇◇◇

翌日、食堂で朝食を食べているシャロンを見かける。

「シャロン、おはよう!」

「……」

「相変わらず良い剣持ってるな。いつから使ってるの?」

「……うるさい」

挨拶を返すまで声をかけ続けたら遂に睨まれる。やりすぎたか。

「シビルって中々ガッツあるよね……」

ダイヤが呆れがちに言う。そうだろうか。

「白銀に未だにあそこまでがつがつ行くのはお前くらいなもんさ」

兵士の一人であるおっさんが言う。

「いやー、全く成果はでてないんですけどね」

「あんだけ綺麗だから、若い者も皆最初は声をかけていたが、あの強さと愛想のなさに皆やられちまったよ。ランドールといい、お前さんは中々マニアだねえ」

とおっさんが下世話な笑いを浮かべる。放っておいてくれ。

「だが、お前以外からは相当嫌われているし、いつか揉めるかもしれねえな。誰も戦ってるところを見たことねえからなあ。迫った男が皆やられてるから、弱いってことはねえんだろうが」

ありそうだなあ。

「最近、毎日弓に話しかけているから皆心配してるよ？　シビル、疲れてるんじゃない？」

とダイヤが心配そうに尋ねてくる。

俺はランドールとの交流のため、肌身離さずランドールを持ち歩き、時には声をかけている。あまりの奇行に、兵士達もやばい者を見る目で俺を見ていた。

「だから、ランドールには意思があるんだって！　これは交流なの！」

「そうはいっても、そんな武器聞いたことないよ？」

「いや、俺もないけどさ……」

俺も一向に返事がないから、疑わしい気持ちはある。が、俺はメーティスを信じている。未だに弦すら引けていないんだけどね。

「まあ、大丈夫そうならいいけど。じゃあ僕は朝の訓練に行ってくるから」

そう言って、ダイヤも席を立つ。最近は皆も真剣に訓練に取り組んでいる。それにより兵士達同士にも絆が芽生えている気がする。とても良い傾向だ。シャロンを除いて、だが。

兵士達が皆席を立っていく中、シャロンだけが残っていた。

「シャロン、もしよかったら、俺に剣を教えてくれないか？」

朝の訓練にシャロンが交わることで、他との交流をしてもらえたらという狙いだ。

「……お前は普段訓練にも参加してないだろ。軍師なら訓練は必要ないという考えかと思っていたが」

中々痛いところを突かれる。確かに、訓練してもあまり剣は向いておらず上達しなかったので参加していない。

「シャロンは剣技が卓越しているから、そんな人から教われば上手くなるかな～と」

「そんな甘いものではない」

シャロンはそう言って、席を立った。一人俺だけ食堂に残された形となった。

「……知っているさ。それは俺自身が一番な」

俺はそう呟いた後、もはや日課となっているランドールとの交流タイムに移った。

「どう思う、ランドール？　あの態度はないよなあ」

『ランドールは肯定してくれている？』

『ノー』

ノーなのか、ランドールよ。お前さんもツンデレだもんな。似たもの同士、ランドールとシャロンの方が合うのかもしれない。いや、そうでもないか。

ランドールの考えは、メーティス経由で知るしかない。

「ランドールは否定派なのか。似てるもんなあ」

そう呟くと、ランドールに静電気程度の電流を流されてしまう。

「いてっ！　なんだよう……皆冷たいな。俺泣きそうだよ」

現状癒し枠がダイヤしか居ないのも良くない。どうなってるんだ。

「シビルのお客さんが南門前に来てるよー」

外からダイヤの声が聞こえる。

「客？」

誰だろうか？　俺がここに居ることを知っているのは、イヴくらいだ。

「分かった。今行く」

俺はすぐさま南門に向かう。門の先で待っていたのは、よく知る姿だ。サファイアのような綺麗な青髪、ネオンだ。

「シビル、私に一言もなしに軍に入るってどういうことよ！」

掴みかからんばかりの勢いで、ネオンが迫ってくる。だが、その顔はキラキラと輝いていた。

「ネオン！　どうしてここが!?」

素直な驚きの声が出る。

「商人の情報網舐めるんじゃないわよ！　ディラーからあんたが軍の女とデルクールを出たことを聞いたわ。そこから辿り着くのに時間がかかったけどね」

まさかここまでやってくるとは。けど、俺のためにそこまでしてくれたのが嬉しかった。

「ありがとう、ネオン。ここまで来てくれて。そして時間がなくて、何も言わず去ってしまったのは、ごめん」

「……素直じゃない。別に責めに来た訳じゃないわ。無事でよかった」

そう言って、ネオンが俺の胸に倒れ込む。女の子の良い匂いが仄かに香り、少しだけ動悸が速くなる。

「会えて嬉しいよ。けどネオンの言う通り、俺は商人には向いてなかったのか、なぜか軍人になっちゃったよ」

「戦えないくせに、馬鹿ね。けど、シビルならきっと凄い英雄になれるわ。私は貴方の強さを知っているから」

「そう言われると照れるな」

「ふふ。軍人が嫌になったらいつでもネオンビル商会に来なさい。貴方の場所は空けておいてあげる」

ネオンは妖艶な笑みを浮かべる。いつものネオンとは少し違う雰囲気だ。

「ありがとう、ネオン」

「しばらくは付近の町『バラック』で活動する予定だから何かあったらここに連絡して」

そう言って、シビルに紙を手渡す。そこにはネオンが泊まっている宿の名前が書いてあった。

「ああ。今度の休み、行かせてもらうよ。調達したい物があるんだ」

ネオンはしばらく話してから、笑顔で帰っていった。この後、多くの兵士にからかわれたのは言うまでもない。

ネオンと会ってから一週間後、俺はネオンが滞在中の町バラックに居た。

人口は数千人程度の町だ。だが、周囲の村の者もやってきて商品を出したりと、市場はそこそこ盛況そうだ。

盛り上がる市場にふと懐かしさを覚える。

久しぶりの休暇だが、武器の調達にやってきた。やはり今後も考えると武器が足りない。司令官かっらしっかり金も貰ってきている。

ガルーラン砦の者は皆、休暇はここで遊んでいるらしい。

早速、見知った顔を見つける。クラインだ。奴は裏路地に入るとそのまま賭場に入っていった。

「ギャンブル好きだったのか。まあ、休日何しようが別にいいんだけど」

ネオンと待ち合わせをしているのだが、中々やってこない。俺は気にせずに市場をぼんやりと眺める。

すると、市場を歩いていたお婆さんが腰を痛めたのか、倒れ込む。

「お婆さん、大丈夫ですか？」

俺はとっさにそちらへ向かう。

お婆さんに声をかけたのは、再び俺の知っている顔、シャロンだった。シャロンはしゃがみ込むと、お婆さんに背中を向ける。

「どうぞ。送りますよ」

「すまないねえ。お嬢さんは細いけど、大丈夫かい？」

「はい。鍛えてますので」

そう言って、シャロンはお婆さんをおぶると、そのまま市場の中へ歩いていった。

「兵士以外には優しいんだなあ」

シャロンの意外な一面に笑顔がこぼれる。それにしても遅いな。確かあっちで店してるらしいし、様子を見に行くか。

市場を歩いていると、痛んだ服を着た少年がかご一杯に木の実を持って走ってきた。少年は石に躓いて転んでしまう。

同時に道端に木の実がぶちまけられる。

「あら」

俺は地面に転がった木の実を拾って、少年に渡す。だが、周囲の反応は違った。皆、遠巻きに見ているだけだ。

「スラムの子かもしれん。関わるなよ」

近くの夫婦の夫が、妻に言う。

酷い話だ。俺は少年と共に木の実を拾う。

「これで全部かな？」

少年はあまり食べていないのか、少し頬がこけていた。

「ありがとう、兄ちゃん」

「気にするな。お使いか？」

「ううん。これを売って、金に換えるんだ。俺は孤児院に居るんだけど、もうすぐ下の子が誕生日だから。誕生日くらい美味しい物食べさせてやりてぇんだ」

少年はそう言って笑う。なんていい子なんだ。俺がお金をあげたい。

「ああ……苛々するぜ。なんであそこで負けるんだよ」

「あの店は詐欺だぜ、間違いない」

前方からチンピラ二人組が歩いてくる。二人は賭けに負けたのか、苛々しているのが顔からも伝わってくる。チンピラの一人は周囲を見渡すと、俺を見て邪悪に笑う。

「ん～？　見ねぇ顔だな。ここらで兵士ってことは、ガルーラン砦か⁉　すぐ死ぬゴミ溜めの兵士が、最後の思い出作りにでも来たか？」

チンピラの一人が俺を煽る。その様子を見て周囲もざわめき始めた。

ここで目立つのは得策ではないな。

「放っておいてくれ」

俺は無視して少年の方に顔を向ける。

だが、俺の対応が気に入らなかったのか、男達は少年の方に目線を変える。

「おいおい、臭いと思ったら、孤児院のクソガキじゃねぇか。木の実でも売って金に換えようってか？　そんなどこでも取れる木の実、二束三文にもなりやしねぇよ！」

男が少年のカゴを蹴り飛ばす。かごに入っていた木の実が大きく宙に舞う。

「ああ！」

集めた木の実は地面に落下し、いくつも潰れてしまった。少年が絶望した顔に変わり、男を睨みつける。だが、それすらも男の癇に障ったらしい。

「なんだ、文句でもあんのか？　町のお荷物のぶんざいでよ！」

男は少年に蹴りを放つ。

俺は咄嗟に少年の前に出て蹴りを代わりに受ける。蹴りが俺の顔に刺さり、大きくよろける。

このクズどもめ……。

俺は男の前に立つとはっきりと告げる。

「俺のことはどう言おうがかまわない。だが、取り消せ！　少年はお前達よりよっぽど偉い。誰かのために動く少年を笑う権利など、お前達にはない！」

「ああ？　舐めやがって。ゴミ溜めの兵士がよ！　こちとら負けて気が立ってんだ。殺してやる！」

男達はそう言うと、剣を抜いた。

武器は未だに引けないランドールしかない。だが、ここは退けないんだ。この少年を笑っていい者など、どこにもいない。

咄嗟《とっさ》に俺は背に持っていたランドールに手を伸ばす。なぜかは分からない。だが、引ける気がした。

俺は矢を持つと、ランドールに番え、引き絞る。

引けた！

なぜかは分からないが、確かに引けるようになっている。

「最前線で日々殺し合っている兵士の強さ、確かめてみるか？　たとえ斬られても、俺の矢は、必ずお前の眉間を射貫く」

その場を沈黙が支配する。勝てるかは分からない。だが、外す気はしなかった。

しばらく睨み合いが続いた後、根負けしたのは相手側だった。

「ちっ、なにマジになってんだよ。悪かったよ、ちょっと苛々してたんだ。行こうぜ」

「ああ」

男達はそう言って、去っていった。ふん、おととい きやがれ。

俺は疲れから大きく息を吐いて、腰を下ろす。

「ふう、助かった」

「に、兄ちゃんありがとうな。俺のために、怒ってくれて」

「いいんだ。君はあんな奴に馬鹿にされるようなことは何一つしていないんだ。あの馬鹿共が悪い」

「それでもさ。ガルーラン砦の人達には関わっちゃいけませんって、シスターに言われてたけど間違ってたよ。とっても格好良かったよ。助けてくれてありがとう」

「どういたしまして。木の実採るの手伝おうか？」

「そこまで世話にはなれないよ。それに、自分であげたいじゃないか」

「それもそうか。頑張れ、少年」

「うん！」

少年は笑顔で走って町の外へ向かっていった。

いい子だ。将来有望である。

俺が笑顔で少年を見送っていると、背後に人の気配を感じる。

「シビル、あんた何やってんのよ？」

振り向くとそこには呆れた顔をしたネオンが居た。

「いやー、少年との温かな交流を……」

「その前よ！　チンピラに襲われかけてたじゃない！　胆が冷えたわ！　あなたあいつ等倒せるくらい強くなったの？」

「なった……ような」

俺は目を逸らす。正直勝てたかは怪しい。一人は倒せたと思うんだけど……どうなんだろう。

「全く……相変わらず無理して。早死にするわよ。あまり無理しないでよ」

「ごめん」

素直に言われると、何も言えない。俺は素直に頭を下げた。

「まあいいわ。矢と弓、剣が必要なんでしょう？　知り合いの武器屋を紹介するから、来て」

「うぃっす」

俺はネオンについていく。その途中、俺はこちらへ歩いてくるシャロンとすれ違う。

「シャロンも休暇か。お疲れ様」

「……剣も学んでおけ。民を守りたいならな」

シャロンはそう言って、去っていった。

「見られていたか」

俺はそう呟いた。

ちなみに武器はネオンが頑張って値切ってくれたおかげで二割引きで買えた。

更に二ヶ月が経過した。月日と共に、兵士の練度も随分上がった。ガルーラン砦はすぐに新兵が死んでしまうので、今までは技術が定着する時間がなかった。だが、今はじっくり訓練する時間もあるのが大きい。

ガルーラン砦の改築も進み、砦として機能するようになってきた。元々田舎の大工だった者もおり、土壁以外の壁もできている。少しダイヤは寂しそうだったが。

昼、食堂でダイヤと昼食を食べていると、少し遠くで食器が割れるような音が響く。

「シャロンが遂に他の兵士に暴力を！」

兵士の声に、昼下がりの食堂はざわめき始める。

俺はすぐさま現場へ向かう。そこには、腹を押さえながら憎々しげにシャロンを睨みつける男の姿があった。

「俺はただ、昼から訓練しよう、と誘っただけだ！　それなのにこの女、お高くとまりやがってあげくの果てには暴力だ！」

男が叫ぶ。

「お前、自分が強いからっていい加減にしろよ！　普段からその態度は目に余るぞ！」

他の兵士達も今までの鬱憤が溜まっていたのか、シャロンを責め立てる。

外野もシャロンを見る目は厳しかった。

だが、シャロンは何一つ弁解の言葉を言うこともなく沈黙を貫く。それが更に彼等を増長させた。

シャロンは本当に、誘われただけで暴力を振るうだろうか？

「皆、冷静になってくれ。彼女の話も聞くべきだろう」

俺はとっさに間に入る。

「隊長がこいつを気に入っているのは知ってるが、これは俺達の問題なんだ。どいてくれ」

「いいや、どかない。この砦の人全員が彼女を疑っても、俺は彼女を信じよう。確かに普段の態度が悪いのは事実だ。だが、彼女は理不尽にそんなことをする人ではない。なにか他に理由があるんじゃないのか？」

俺はシャロンに怒鳴っていた男に目を向ける。俺は男が一瞬だけ目を逸らしたのを見逃さなかった。

『あの男は嘘をついている？』

『イエス』

やはりか。

『男がシャロンを怒らせるようなことを言った？』

『イエス』

「ちっ！　顔が良いからって、すっかり誑かされてやがるぜ」

男が俺を見て悪態をつく。

「違う。俺は嘘を見抜く力も持っている。お前、訓練に誘う以外に、彼女に何か言っただろう？」

俺の言葉を聞いた男が動揺する。

「お前のスキルは、未来を予知できるだけだろう？　二つのスキルなんて聞いたことがない」

男はなんとかそう口にした。

『男はシャロンが好きだった？』

『イエス』

うーん。やはり下心が原因か？

『男はシャロンを襲おうとした？』

『ノー』

『デートに誘った？』

『ノー』

違うか。

『無理やり部屋に誘った？』

『イエス』

「お前、シャロンを無理やり部屋に誘ったな!?　断られて逆ギレなんて情けない野郎だ」

それを聞いた男の目が見開かれる。

「えっ？　な、なんで……」

当てられた男は訳が分からないという顔で俺を見ている。その様子を見て、シャロンにちょっかいを出して失敗しただけなのだ、と周りも悟る。

「畜生……！」

男は捨て台詞を吐くと、食堂を去っていった。

周りの兵士達も気まずくなったのかすぐに蜘蛛の子を散らすように消えていった。

シャロンは何事もなかったように堂々と食堂を出る。

「おい、シャロン！　なぜ正直に言わなかったんだ！」

シャロンは弁解一つしなかった。正直に話せばあそこまで皆から責められることはなかっただろう。

シャロンは俺の言葉を聞き、足を止め振り向いた。

「誰も信じないからだ！　誰も私の言葉など信じない！　今までもそうだった！」

俺はその言葉がシャロンの心の叫びに思えた。昔はきっと無罪を訴えていたのだろう。だが、誰も信じてくれず、周りに失望し、真実を伝える気力を失ったのだ。だけど……。

「今は俺が居る！　俺は必ず君の言葉を信じる。君の態度がいくら悪かろうが、君は嘘をつくような人じゃないことは俺が一番知っている。他人に見切りをつけて諦めるな！　声を上げろ！　俺が必ず聞いてやる！　シャロン、君が話してくれなかったら君にどんな辛いことがあっても分からないじゃないか……」

俺は叫んだ。信じてもらえるかは分からない。けど、誰か一人でも自分を信じてくれる者がいるのなら、きっと大きな支えになる。

「……っ！」

シャロンは俺の言葉を聞き、少し動揺した後去っていった。

俺の言葉が少しでもシャロンに届いてくれたら、俺はそう思わずにいられなかった。

その後、俺は外でランドールを引く練習をしていた。バラックの一件以来、遂にランドールを自由に使えるようになったのだ。毎日ランドールを抱いて寝たかいがあったというものだ。

「俺を主として認めてくれたんだな。このツンデレめ」

俺が弓柄の部分をこつんと叩くと、全身に電流が流れる。

「あああああああああああああ!」

いつもより強めの電流に、俺はバランスを崩す。そして再び弦を引こうとするも、再び引けなくなっていた。

「なぜ!? さっきまで引けていたのに!? へそを曲げたのか? ああああああああああああ」

余計なことを言ったせいか、再度電流を流される。ドSすぎますよ、ランドールさん。

「ごめん、嬉しすぎて調子に乗ってしまった。変なこと言わないからもう許してくれ」

と真摯に弓に頭を下げる男。はたから見たら中々怖い。だが、誠意が伝わったのか、再び弦を引くことができるようになった。

「ランドールは魔法弓だから、矢はなくてもいいって聞いたけど、本当なのかね」

魔法弓には、矢が必要なタイプと、自分の魔力を使い矢を生み出せるタイプがある。メーティスによるとランドールはどちらもできるらしい。

俺は魔法なんて使えないけど、大丈夫なんだろうか。矢をイメージするも出る気配がない。やっぱり適性がないいんだろうか。

「まあ、矢もあるし、これでいいか」

俺は矢を持つと、弓に矢を番え的を見据える。集中しながら、ゆっくりと弓を引き絞った。

今だ！

矢に魔力が纏われているのを感じた俺は、矢を放つ。

放たれた矢は的から少し逸れて飛んでいく。

あ、やっぱ駄目か……。俺って、矢も上手くなかったんだよなあ、と飛んでいく矢を眺めていると、急に角度を変えて的の中心に突き刺さった。

「えっ？　なに今の？　俺の隠れていた才能が？」

そう呟いた瞬間、再び電流が走る。

「あああああああああああああ！　冗談だ、ランドール！　君がしてくれたんだろう？」

返事はないがすぐに分かる。俺が下手したのを、ランドールが頑張ってくれたんだろう。

百発百中とはいかなくても、この精度が出せるのなら俺にもできることはあるだろう。なにより今日は中々の魔物とのバトルが控えている。

「行こうか、ランドール。君のお披露目会だ」

俺はそう呟いた。

今日の午後三時、南門つまり森側の門にC級魔物サイクロプスが現れる。未だに俺が来てからの最強の魔物はD級だったので今回はそれを更新する形となる。

サイクロプスは全長三メートルほどの一つ目巨人だ。大きな棍棒で人を一撃で葬る怪物である。

「前回出た時は……十人以上死にました。けど、今回は！」

兵士達の士気も高い。勝たせてもらうぞ。

今日は他に魔物の襲撃はない。三十人の兵士が矢と剣を持ち南門を守っている。

遂に三時。森から巨人が姿を現す。

「前方から、サイクロプス来ます！」

兵士の一人が緊張の声を上げる。やはりでかさは強さというか、あの太い腕から繰り出される一撃は凡人ではひとたまりもないだろう。

「一斉射撃、撃てぇ！」

俺の叫び声と共に、数十の矢の雨がサイクロプスを襲う。だが、あの巨体がこれくらいで沈黙する訳もなく、怒りの形相で砦に向かって襲い掛かってくる。壁はあるものの、奴の攻撃でどれくらいもつか。

「だが、それも予想通りだぜ。うちの名物を食らいな！」

その言葉と共に、サイクロプスの片足が何かを踏み抜き、大きくバランスを崩す。もはやガルーラン砦名物の落とし穴である。片足が奥深くまで沈み、倒れ込んだ。

そしてその隙に俺は矢を引き絞る。解禁されたランドールのお披露目だ。

「隊長が、ランドールの弓を引いてるぜ！」

「すげぇ！　あの毎日弓に話しかける奇行にも意味があったんだ！」

本人の目の前で奇行とか言うんじゃないよ。魔力がランドールに吸われる感覚がある。いくらでもやるよ。

俺は矢を放つ。若干ずれつつも綺麗な弧を描いた矢は、見事にサイクロプスの目を貫いた。

「グオオオオ！」

サイクロプスが目を押さえて、大きく体を揺らす。どうやら大分効いてるらしい。だが、追撃の手は緩めない。

「ダイヤ！」

「うん！」

俺の号令と共に、ダイヤが地面についているサイクロプスの両手を土で固める。ほんの少しだが、時間稼ぎにはなるだろう。

二人の兵士が、手に先端が輪っかになった鎖を持ちサイクロプスのもとに走る。そして輪っかをサイクロプスの首に投げる。

輪っかを見事にサイクロプスの首にかけると、そのまま力任せに引っ張る。

サイクロプスの頭が、地面にくっついた。これにより首が完全にこちらの間合いに入る。

「頼みました、ゲルトさん！」

「任せ……な！」

ゲルトさんはバトルアックスを炎魔法で強化すると、地面についているサイクロプスの首をその一撃で両断した。

「やったー！」

「流石！」

ゲルトさんの一撃により、サイクロプスが完全に沈黙する。あらかじめメーティスに確認しているとはいえ、接近戦はやはり心臓に悪い。

「ふぅー……無茶させるね。隊長さん」

ゲルトさんは緊張していたのか、汗を拭きながら笑う。

「素晴らしい一撃でしたよ。ゲルトさんなら倒せると信じてました」

「隊長にそう言われると照れるな。俺も、死にたくはねぇからな。精一杯頑張るよ」

皆の成長を感じる。

もうC級の魔物も討伐できるほど、この砦の練度が上がったことが嬉しかった。

◇◇◇

シビルが喜んでいた頃、それを冷えた目で見つめる集団があった。

「むかつくぜ。新人が調子に乗りやがってよ。すっかり、砦のボスみたいな顔してやがる」

「おいおい、どうすんだクライン？　皆、すっかりあいつに懐いてしまってるぜ？」

クラインの取り巻きの一人が、尋ねる。よくトランプで賭けをしている男だった。

「今、知り合いに情報を探らせている。しばらく待っていろ。あいつはどこか怪しい。叩けば必ず埃が出てくる」

クラインは冷たい目で、シビルを見つめていた。

その頃ローデル帝国の各地を回っていたハイルは遂にシビルの情報を掴んでいた。

「あの臆病者が軍？　どういうことだ？」

ハイルはようやく手に入れた兄の目撃情報を聞き眉を顰める。聞いた話では、兄はなぜかローデル帝国軍に入隊し、激戦地であるガルーラン砦に飛ばされたらしい。

「だが、大枚をはたいて手に入れた情報です。確かかと」

様々な町に向かうも、なぜかシビルの情報は手に入らない。それもそのはず、デルクールを出てすぐにガルーラン砦という僻地に飛んでいたのだ。情報屋や軍の人間に大金を渡し、ようやく手に入った情報だった。

「軍に入ったのは意味が分からんが、僻地に飛ばされたところからするとあの臆病者に違いないな。無能がばれて、飛ばされたんだろう。ゴミ溜めなんてあの無能にぴったりだ。ガルーラン砦へ向かう！　無駄になりそうだがな」

ガルーラン砦は一年で殆どの人間が入れ替わると聞き、兄はもう死んでいるだろうと考えていた。

ハイルは勿論知る由もなかったことであるが、ロックウッド領の農村では農民達が憎しみと怒りから武器を取り反乱を企てていた。

ハイルによる農民の処刑は確実に彼等の心に失望と憎しみを刻み込んでいた。

◇◇◇

俺は最近、訓練に少しずつ参加するようになった。ランドールを使いこなすための練習も必要だし、他の兵士達との交流も大事だからだ。

俺は外の訓練場の端で的を射る練習をしていた。

だが、未だに自分の実力じゃ思うように的に矢が当たらない。

「まだまだだな……」

汗を拭うと、再び矢を持つ。

「久しぶりだね、兄さん」

俺は後ろから声をかけられ、身の毛がよだつのを感じた。俺を、兄さんなんて呼ぶ奴はたった一人しか居ない。

心臓の鼓動が速くなるのを感じながらも、後ろを振り向くとそこには二度と会いたくはなかった存在であるハイルが居た。後ろに一人部下まで連れている。

なぜここに居るのか、全く理解できなかった。

「……どうやって入ったんだ？　ここは他国の軍人が入って良いような場所じゃない」

俺はとっさになんとか言葉を絞り出す。

「俺のスキルを忘れたの？　剣聖の前ではあの程度の壁、壁とは呼ばないよ」

「壁を飛び越えてきたのか！　不法侵入だぞ！」

俺は大声を上げる。その声を聞き付けて、兵士達がこちらに気づき始めた。

「兄に会いに来ただけじゃないか。そんな叫ばないでよ」

ハイルはにっこりと笑う。貼りついたような笑みだ。口元は笑っているのに目が笑っていない。

「何をしに来た」

俺はなんとかそれだけを口に出した。なぜハイルがここに？　その疑問は解けない。

「兄さんを探していたんだ。皆、兄さんの帰りを待っているよ」

言葉はそう言っているが、微塵も感情が感じられない。

『ハイルは俺の帰りを待っている？』

『ノー』

だろうなあ。

『目的は俺の命？』

『イエス』

ふー……まさか俺を殺すためにここまで来るなんて……。

「いや、遠慮しておくよ、ハイル。俺の居場所はもうここだ」

「何を言っているの？　王国のロックウッド家の次期当主ともあろうものが、敵国で軍人をしているなんて……スパイと勘違いされてもおかしくないよ？」

それを聞き、訓練していた兵士達が僅かにざわめき始める。これを聞かせるためにわざわざ中まで入ってきたのか。

「上層部はそれも知っている。何の問題もないことは確認済だ。追い出した俺に今更何の用だ？」

「それは悲しい行き違いだよ。皆待っている。駄々こねていないで早く帰ろう？」

そう言って、ハイルが手を伸ばす。

「俺の立場は？」

気になっていたことを尋ねる。別にもはやロックウッド家の当主になど戻りたいとは思わないが、ハイルがなんと言うかが気になった。

「それはおいおい考えよう？」

まるで子供のような言い訳だ。それで帰る奴がいるなら見てみたいくらいである。

「おまえからすれば俺は邪魔な存在でしかない。そんな俺を連れ戻す理由を聞かせて欲しい」

「そりゃあ皆が兄さんの帰りを待っているから……」

「ハイル、俺のスキルは知ってるよな？　俺相手に嘘はつけねえんだよ。断る。今の俺の居場所はここだ。帰ってくれ」

はっきりと告げる。その言葉を聞いたハイルの眉間に青筋が浮かび上がる。

「ごちゃごちゃうるせえなあ。この俺が帰ってこいといったら、黙ってついてこいよ。殺すぞ、ゴミが……！」

ハイルの全身から殺気が溢れ出す。

「本音が出てるぜ？　ハイル」

俺はにやりと笑う。やばい時ほど不敵に笑う。命がけだけど。

「あの臆病者が言うようになったな！　腕一本失えばもとに戻るか？」

遂にハイルは、剣を抜く。

『危険？』

『ノー』

どうやら危険ではないようだ。俺的にはとっても危険なんですけど？

「そこまでだ。本人が嫌がってるんだから、おとなしく帰るんだな。話を聞く限り追い出しておいて、今更隊長の力が必要になったから戻ってこいなんて虫が良すぎるんじゃないか？」

ゲルトさんが俺とハイルの間に立つように現れる。その手にはバトルアックスが握られている。

あらやだ、イケメン！

「誰だ？　お前も殺されてえのか？」

「口も悪いようだな……」

二人が睨み合う。

「話を聞く限り、君はアルテミア王国の人だろう？　ここで暴れたら大事になるんじゃないかい？」

ダイヤが俺の横に立つ。その顔には緊張で大粒の汗が流れている。

「ふん……雑魚共が何人いようが意味ねえんだよ……」

ハイルはそう呟くと、周囲を見渡す。だが、その目線が突然止まる。その目線の先には、大剣の柄に手をあてハイルを見つめるシャロンの姿があった。

シャロンは何も言わない。ただ静かに、ハイルを見据えていた。

ハイルも無表情でシャロンを見据える。

一触即発の物々しい雰囲気が辺に流れ始めた。兵士も皆、剣を構え臨戦態勢に入る。

「稽古をつけてやるよ」

ハイルはそう言うと、ゲルトさんに向けて一歩踏み出す。

次の瞬間、ゲルトさんが巨大なバトルアックスを渾身の力で振り下ろす。

轟音《ごうおん》が響く。

ゲルトさんの一撃はハイルの剣に止められていた。

だが、ゲルトさんはそれは予想済だと言わんばかりに重さを感じさせない素早い連撃を放つ。

ハイルはそれを全て剣で易々と受け止める。

「なんだ、あのガキ！　ゲルトのバトルアックスを軽々と受け止めやがるぜ！」

周囲もハイルの実力を目の当たりにして大声を上げる。

ゲルトさんは実力差を感じ取っただろうが、顔には出さずに攻め続ける。

「舐めるな！」

「実力差も分からないのか？　お前では、力不足だ」

ハイルは冷たく言い放つ。

「お前こそ、分かっちゃいねえ！　世の中には、勝てなくても戦わなきゃいけない時はいくらでもある」

「ふん」

ハイルの一撃が、ゲルトさんのバトルアックスを吹き飛ばす。ゲルトさんはその一撃に耐えきれずに、膝をついた。

「お前の負けだ……」

ハイルが剣を上げる。止めを刺すつもりだ。

「待て、ハイ――」

「構えろーーーー！」

司令官の叫びと共に、十人あまりの兵士が弓を構える。

「これ以上暴れるなら、本当に敵として処理する。本人が嫌がっておるんじゃ。おとなしく消えてもらえんか？　それともこの人数を相手にするつもりか？」

司令官の穏やかな口調が鳴りを潜め、真剣そのものの表情。

「なんだ……ゴミ溜めと言われている割には活きがいいな」

邪魔をされたと感じたのか、ハイルが不快そうな顔で司令官を見る。

「ゴミにもゴミなりの意地があるんじゃよ」

「ハイル様……」

部下がハイルに声をかける。流石にこの状況では厳しいと感じているのだろう。

「ふん、うちの領にお前の力など必要ない。久しぶりに会ったにもかかわらず、剣すら振るわず守ってもらう臆病者などな」

忌々しそうにハイルは俺に言い放つと、そのまま去っていった。

張りつめた空気がようやく解ける。

「なんだあいつは……あんなやばい奴は中々見ないぞ。あんなのが弟とは、凄い家庭環境だったようだな」

ゲルトさんが言う。

「昔は皆普通だったんだですよ、多分。今はもう思い出せないけど」

いつから我が家は狂ってしまったのか。俺が弱いと分かった時から？　それとも、俺のスキルが『神解』と判明した時から？　その疑問は解けない。

ただいつかお家事情にも決着をつけないといけないのかもしれない、と感じた。

◇◇◇

その夜、シビルが夕食を食べて部屋に戻った後、食堂はある話題で持ちきりになっていた。

「おい、聞いたか？　隊長って実は——」

「嘘だろ⁉」

話を聞いた兵士の顔が曇る。

「マジらしいんだよ。確かな情報だ」

シビルの居ない間に、情報は静かに拡散されていった。悪意ある情報が、砦中を巡っていった。

◇◇◇

翌日朝、俺はいつものように食堂に向かう。

「おはよう」

「あ、ああ……おはよう」

だが、いつもなら明るく返事をしてくれる兵士達が俺を見て目を逸らす。

どこかよそよそしいな。

俺は気にせずに、席に着く。

周りは皆、俺の顔を見てひそひそと話をしている。これだけ噂をされれば馬鹿でも分かる。どうやら、何かあったようだ。

昨日ハイルが言った、元アルテミア王国の貴族だという情報のせいだろうか。

『元アルテミア王国の貴族という情報が原因？』

『ノー』

違うのか。

ひそひそと話をしていた一人の兵士が、俺の目の前にやってきて口を開く。

「隊長、一つ聞いていいか？」

「いいよ」

「俺はこの情報は嘘だと思ってるんだが、念のために確認したい。噂では、隊長は軍師をしたことがねえ、って言われてる。人を率いた経験もないのに、多くの戦いを勝利に導いた天才軍師だと偽って俺達を騙した、って皆言ってる。嘘だよな、隊長」

兵士はどこか申し訳なさそうに俺に尋ねた。

それを聞いた兵士の一人が、こちらに来て大声で言う。

「嘘に決まってるじゃないか！　隊長が俺達を騙す訳ないですよね！　信頼関係がなにより大事なのに、そんな酷い嘘をつく訳がない。俺は信じていますよ、隊長は何年も軍務を経験し戦いを勝利に導いた軍師だって。俺達の命を預かる軍師が、そんな酷い嘘をつく訳がない！」

真剣な声色で言っているが、最後僅かに口角が上がっているのを俺は見逃さなかった。こいつは確か、クラインとよくトランプの賭けをしている取り巻きだ。

こいつの一言で俺は、これはクラインが広めたことだと察する。

やられた……。

最悪のタイミングで、俺の嘘をばらされた。

ご丁寧に、皆の考えまで誘導されている。

この態度、確実に裏もとってるな。軍師経験がある、と言い張ることもできそうだが、真剣な顔で尋ねてくる仲間に嘘を重ねられない。

なにより、ヨルバさんの嘘に乗ったとはいえ、訂正しなかった俺に非がある。

「……すまない。それは本当だ。俺は、今まで軍師をしたことはない。ここが初めてだ」

俺は素直に言って、頭を下げる。

それを聞いた兵士は辛そうな顔に変わる。

「嘘だったのかよ……俺達はあんたが本当に凄い軍師だと信じて、命を張ってたんだぜ？」

「それに関しては、申し訳ないとしか言えん」

「なんだよ、それ！」

それを聞いたクラインの取り巻きが声を上げる。

「聞いたか、皆！　俺達は騙されてた。多くの戦いを勝利に導いた天才軍師なんて肩書は真っ赤な嘘だったんだ！　こんな嘘つきの指示を聞いていいのか？　俺達はもう強くなった。こいつの指示がなくても戦えるはずだ！」

「そうだ！　今なら俺達だけで砦は守れる！」

取り巻きの声を聞き、皆が同調していく。嘘をついた罰が最悪の形で、返ってくる。

「悪いな、隊長。いや、シビル。あんたの指示はもう聞けねえ。司令官に言って、指揮権は剥奪させてもらう」

「……そうか」

クラインの取り巻きが言う。

「すまないね、シビル。皆がこれほどまで言うなら、そうせざるを得ない」

クラインがいつものように人当たりの良さそうな笑顔を浮かべる。

「これで満足か？」

「ん？　なんのことだい？　怖いなあ」

とんだペテン師である。

「この情報を広めたのはお前だろう？」

俺の言葉を聞いたクラインは今までの笑みと違い、僅かに邪悪な笑みを浮かべる。

「……やっぱり分かる？　君はやりすぎた。出る杭は打たれるものさ。それに、嘘は広めてないはずだけど？」

痛いところはそこだ。俺が軍師初心者なのは事実なのだ。

「言う通りだ。お手上げだよ。だが、この借りは必ず返すぞ」

俺は静かにクラインに言う。

「ははは。次からはもっとうまくやるんだね。じゃあ」

クラインはそう言って、去っていった。皆の目線がきつい。

ゲルトさんと目が合う。ゲルトさんは悲しそうに、無言で俺から目を逸らした。

どうやら相当皆に嫌われたらしい。けど、これは俺が嘘をついた罰だ。甘んじて受け入れるべきだろう。

「とはいえ、大丈夫かな」

皆、強くなったから大丈夫だと思いたいが。

「この嘘つき野郎が！」

兵士の一人が、俺の朝食を思い切り地面にぶちまける。温かいスープが、床に広がる。

「ああ、勿体ないな」

俺は地面に落ちたご飯を見ながら、呟く。

「てめえに飯は勿体ないぜ」

兵士はそう言うと、俺を睨みながら去っていった。

俺は地面に転がったご飯を拾うと、そのまま食べる。

惨めだ。残った者も、俺を見てひそひそ話すか、怒るかの二択だ。

「大丈夫、シビル？　僕がトイレに行っている間に、こんなことになっているなんて……」

ダイヤが心配そうな顔で言った。

「すまないな、ダイヤ。嘘をついてた。俺は天才軍師でもなんでもなくて、ただの初心者軍師だったんだよ」

ダイヤは俺の手を掴む。

「そんなこと関係ないよ！　僕は君が誰よりも頑張っていたことを知ってる。君が皆のために必死で勉強していたこともね。だから、気にしないで」

「ダイヤ……」

ダイヤの優しい言葉が胸に染みる。

「ありがとう」

「どういたしまして。僕達のやることは何も変わらないさ。民のために、騎士として相応しい行動をとるだけだろう？」

「ああ！　その通りだ。頑張るよ。力を貸してくれ」

「勿論」

皆の信頼を失った。だが、これは俺に責任がある。行動でもう一度信頼を取り戻すしかないだろう。

俺は決意を胸に、皆のために動くことに決めた。

その後、司令官が申し訳なさそうにこちらにやってきた。

「すまん……あまりにも皆の反対が酷くて、無理に指揮権を預けたままの方が危険と判断した」

司令官のお爺さんが俺に頭を下げる。指揮権の剥奪である。クラインの取り巻きは、あの後司令官に直談判に行ったらしい。

「謝らないでください。嘘をついてすみません」

「いや、儂が言っただけで、君は一言も言うてない。儂の不用意な言葉のせいですまない。君は嘘をついていないと伝えたんじゃが……聞く耳を持ってもらえんかった。今後も、誤解を解くため皆と話すつもりじゃ。少し我慢してくれ」

「ありがとうございます」

俺はこうして、軍師からただの兵士になってしまった。

ただの兵士となった今も俺のやることは変わらない。砦の勝利のため、民の安全のために動くだけだ。僅かにでも砦の強化に努める。俺もすっかり大工仕事が板についた。

ダイヤは今日も、習慣となる土魔法の練習をしていた。

「ダイヤ、頼んでいいか？」

「いいよー」

ダイヤに頼んで、壁の強化、修繕を行う。ダイヤの作る壁の強度も日々上がっている。初めに作った壁より現在の壁の方がはるかに硬い。

「嘘つき軍師が、また二人で何かやってるぜ。ダイヤ、お前もいつまで嘘つき軍師と付き合ってるんだ？」

クラインの取り巻きが意地悪そうな顔で笑いながら、去っていった。

最近ではよくある光景だ。たいして、気にもならない。

「もう……むかつく！　今まで出したシビルの結果は無視して、好き放題言っちゃって！」

ダイヤが憤慨している。

「好きに言わせておけ。そんなことより明後日、魔物の襲撃がある」

「遂に……。大丈夫かな？」

俺が指揮権を奪われて、初の実戦である。

「被害は、出るだろうな……。それでも伝えない訳にはいかん」

俺はメーティスに尋ねてみたが、今回死人は出ないようだ。だが、怪我人は……。俺は溜息を吐きながら、食堂へ向かった。

「皆、話がある。二日後、魔物の群れの襲撃がある」

俺は、食堂で皆に告げる。

「南門にオーク二十と、リザードマン三十。だから塀に弓兵を二十――」

俺の言葉は、クラインの手によって遮られる。

「君はもう、軍師じゃないよね？　情報提供は助かるが、作戦は別の者が立ててるよ」

「……了解」

よっぽど俺が邪魔なようだ。指揮は、クラインの取り巻きの一人が取るようだ。

指揮はしたことがあるらしいが、どれほどできるのか。

俺は怪我人が少しでも減ることを祈った。

襲撃当日。

結論から言うと、酷い有様だった。

辛くも勝利を収めたものの、二十人以上の怪我人が出た上に、重傷者まで出てしまった。

この襲撃で、俺に指揮権限が戻ればと思ったが、どうやらそううまくはいかないらしい。幸か不幸か死人が出なかったために、まだいけると思ったのだろう。

メーティスに尋ねたが、俺が軍師に戻る方法は真摯に行動することだった。

皆のために、民のために動く。嘘をついた贖罪としては誠心誠意行動するしかないのだろう。

俺は皆の怪我の手当てをしながら、今後について考える。

ゆっくりと償えばいい。そう思っていた。いつものように次の襲撃についてメーティスに確認する。

『次回襲撃は二週間以上先？』

『イエス』

『次回襲撃は三週間以上先？』

『イエス』

その後も確認していくと、次回襲撃はちょうど三週間後らしい。

『数は百以上？』

『イエス』

『二百以上？』

『イエス』

ん？　数多くない？

『五百以上？』

『イエス』

おいおい、冗談じゃねえぞ。何体来るんだよ。団体さんはお断りだ。

『千以上？』

『イエス』

明らかに異常な数だ。結局数は千程度のようだ。

『群れのトップはＢ級以上？』

『イエス』

『群れのトップはＡ級以上？』

『ノー』

最悪だ……。これは間違いない。

陥落の危険すらある魔物の大群の襲撃、スタンピードだ。

Ｂ級か。グランクロコダイル以来だな……。あんな化物とまた戦わないといけないのか……。

「なぜこんな数が……？　森の魔物はそこまで規律がある訳ではないはず。何かおかしいような

「……」

だが、原因をゆっくりと調べている時間はない。

よりにもよって、指揮権を奪われている時に。もしかして、クラインはこれを狙っていたのか？

『クラインはスタンピードと関係ある？』

『ノー』

無関係なのか。最悪のタイミングで行動してくれたな……。

皆に伝えなければ。たとえ俺が軍師、指揮官でなくても伝えることは無駄にならないはずだ。

翌日。訓練前に俺は前に出る。それを見たクラインの取り巻き達は不快感を隠そうとしない。だが、それでもこれは伝えなければいけないことだ。

「皆、おはよう。もう軍師でないのに、前に出て話すことをどうか許して欲しい」

俺は軽く前置きをした後、

「今から二十日後。襲撃がある。だが、今までのような軽い襲撃ではない。スタンピードだ。数は千体。そしてその魔物達を率いるのはB級魔物ハイオーガだ」

俺の言葉に、皆がざわめく。

「軍師に戻りたいからって、変な嘘ついてるんじゃねえだろうな?」

クラインの取り巻きがこちらを睨む。

「そんな下らないことをする訳ないだろう。皆、これはこの砦一丸となって戦わないと勝てない相手だ。力を貸して欲しい」

俺は頭を下げる。皆、それを見て困った顔をする。

「俺達は、まだあんたを信用できねえんだ。すまねえ」

兵士の一人が、目を逸らしながらそう言った。どうやら、俺の声は届かないようだ。

「そうか……すまない。クラインさん、敵の編成を伝える。策を、皆を頼む」

「分かったよ。聞こう」

俺は敵の編成や、当日の動きを伝える。

『クライン達の指揮で勝てる？』

『ノー』

知りたくもない事実だ。俺は、ただみんなのために動こう。

それから一週間、砦は少しピリピリしている。スタンピードが不安なんだろう。

ダイヤと共に、砦の補強に勤しむ。堀や、落とし穴、他にも様々な罠を仕込む。

外で一仕事終えて、砦に戻るとクラインの取り巻きがこちらに気づいた。

「おい、嘘つき軍師。まだ二人でこそこそやってんのか？」

「行こう、シビル」

俺達は取り巻きを無視して先を急ぐ。いつもなら、ここで終わりだった。だが、今日は取り巻きも苛々しているのか、そこで終わらなかった。

「なに無視してんだ。お前は弱いんだ。少しでも剣を鍛えた方がいいんじゃないか？」

「そうかい。俺は俺が必要だと思ったことをする」

「嘘つき野郎が、気取りやがって！　俺達を使った軍師遊びは楽しかったか？　俺達の命を使って、遊んでたんだろう？」

こいつ……どこまで下衆なんだ。俺がどんな気持ちで今まで頑張ってきたと……！

取り巻きの言葉に俺よりも反応したのはダイヤだった。

「黙れ！　お前がシビルを侮辱するな！　誰よりも砦を守るために努力したシビルを侮辱する権利は、お前にはない！」

ダイヤは大声を上げ、取り巻きの胸倉を掴む。おとなしいダイヤの突然の行動に取り巻きも驚いたようだ。

「うるせえ！　腰ぎんちゃくが！」

取り巻きは、ダイヤを思い切り突き飛ばす。

「僕のことはいい。シビルに謝れ！　お前より、シビルの方がよほど皆のために頑張っている！　僕はそれを知っている！」

周りの人の目がどんどんこちらに集まっていく。

「一生、言ってろ！　ちっ、行くぞ！」

いつも大人しいダイヤの突然の剣幕に驚いたのか、取り巻きは不快そうに服を直すと去っていった。

「あの馬鹿野郎め……。シビル、あんな奴等の言うこと、何も気にすることないよ」

ダイヤはその背中を睨みつけた後、こちらに目線を向ける。

だが、俺はあんな奴の言葉は全く気にしていない。それよりダイヤが怒ってくれたことがなにより嬉しかった。

「俺のために、怒ってくれてありがとう」

「そ、そんな！　友達なら当然だよ。それに僕は何もできないから……今も君の言う通り動いているだけだ」

ダイヤはそう言って、目を逸らした。

俺はダイヤの肩を掴むとしっかりと目を合わせる。

「それは違う！　皆に見捨てられた後も、傍に居てくれたことで俺がどれだけ救われたか！　俺を信じてくれてありがとう。俺もダイヤを信じている。俺はダイヤが毎日努力していることを知っている。ダイヤは将来絶対に、歴史に名を残すような大魔法使いになる。だから、自信を持て。帝国魔法院にだって、絶対に入れる」

俺の言葉を聞き、しばらく呆然としたダイヤだが、その目に力が宿る。

「ありがとう。僕は帝国魔法院にずっと入りたかった。けど、もういいんだ」

「何を諦めて――」

「違う。本当にやりたいことが見つかったんだ」

ダイヤは心の底からの笑顔でそう言った。その顔を見ただけで嘘をついていないことが分かる。

「……そうか。なら俺から言うことはないな。ちなみに、本当にしたいことって？」

「それは秘密だよ」

なんだ、気になるな。けど、それをメーティスで探るのは、無粋というものだろう。

いつか教えてもらうことを楽しみにしていよう。

俺達はやれることを一つ一つやっていこう。きっとそれが一番の近道だ。

◇◇◇

その様子を見ていた者は他にもいた。シャロンもその一人だ。

シャロンは憤っていた。シビルに、ではない。シビルを責め立てる皆にだ。

確かに彼は結果的に嘘をついたことになっただろう。だが、シャロンもシビルの日々の努力を見ていた。

軍師としては素人だったかもしれないが、その分誰よりも努力し、スキルを駆使し皆を生かすために動いていたことをシャロンは知っていた。

嘘は良くない。だが、それにしても結果を見ずに嘘をついたという事実のみで彼に軍師を辞めさせることは愚かなことだとシャロンは思っていた。

(あいつらはどこを見ているんだ……！　素人なら尚更、今までの勝利はシビルの努力あってこそだろう。そして、シビルの言う通りスタンピードが来るのなら、あんな馬鹿の指揮で乗り切れるとは思えない。やはり、兵士は馬鹿ばかりだ)

シャロンは言葉にならないもやもやに、苛々していた。

◇◇◇

それからも毎日俺達は、頼まれてなくてもスタンピードに備えて動き回っていた。他に所用で動いてもいたが。

「なあ、一緒にしないか？　もうすぐ、襲撃だ」

俺は兵士の一人に声をかける。

「いや、俺はいいよ」

兵士は困ったような顔をして、そそくさとその場を去っていった。

「……駄目か」

俺はそう言いながら、砦の穴が空いている部分を木の板で補修する。ただひたすらにできることを。

自分に言い聞かせるように俺は作業に没頭する。

「おい」

そんな俺に声がかかる。

「どうした？」

俺は振り向いた先には、シャロンが居た。いつもの怒ったような顔ではなく、どこか悲しそうな顔をしていた。

「なぜ、お前はそんなことをしている」

「必要なことをしているだけだ」

「誰もお前の言うことなんて聞いていない！　それどころかお前を馬鹿にして。やっぱり周りの兵士はクズばかりじゃないか！　お前があれだけ皆のために頑張っていたのに、情報一つで掌返しだ。そんな奴等のためになぜ、お前は動くんだ！」

シャロンは叫ぶように言った。

それは問いかけのようだった。

「周りは関係ない。俺は兵士。俺の仕事は民を守ることだ。俺はたった一人になったとしても全力を尽くす。それが俺達を信じてくれた民のために俺達ができることじゃないのか？」

俺はシャロンの目を見て、はっきりと告げる。

「そ、それはそうだが……。周りは誰もあてにならない。こんな状況で何ができるんだ。お前も死んで、民も死んでしまうだけだろう！　誰もお前の頑張りなんて、見てはくれないんだぞ？」

「それは嘘だ。だって、シャロン、君は見てくれていたんだろう？　俺もシャロンの努力を、優しさを見ていたよ。誰も見てくれていない訳じゃない。だから、十分だ」

「分からない……そんなの、綺麗事だ！」

シャロンは動揺しながら、走り去っていった。

「シャロン……」

俺はシャロンは悩んでいるのではと思った。そして、その悩みは自分で決断しないといけないことだと思う。

「俺が……真の騎士は居るってことを証明してやるからな。そのために、まずは砦を補修しないとな」

俺が再度、金槌を握ろうと手を伸ばす。だが、その直前、金槌は別の者に取られる。

ゲルトさんだ。後ろには他にも兵士が居る。

ゲルトさんは、少し困ったような申し訳なさそうな顔をした後、口を開く。

「手伝うよ」

それは控えめな応援だった。

「あ、ありがとう！」

それを皮切りに、他の兵士達も続々と手伝い始める。

「俺も、手伝うよ」

「俺も。自分の砦くらい、自分で直さねえと……」

「皆……」

ただ、補修を手伝ってもらっただけだ。だけど、泣きそうなくらい嬉しかった。完全に溝が埋まった訳ではない。だけど、確かに俺の行動は彼等に届いていたのだ。

しばし、無言で金槌の、釘を打つ音だけが響く。

「俺は、命を預けるなら……隊長、あんたの指揮で戦いたい」

ゲルトさんはそう言った。

「俺もだ。確かに、天才軍師ではなかったかもしれないけど、隊長は俺達をちゃんと勝たせて、生かしてくれた。それだけは確かだ」

「すまねえ……今まで気持ちの整理がつかなくてよ」

皆、口々に口を開く。

「いや……俺こそ、嘘をついてすまなかった。皆、もう一度俺と一緒に戦って欲しい。皆で生き残るために」

「ああ。俺達の軍師はやっぱり隊長なんだよ」

まだ三人だけだ。だが、大きな一歩だった。

「シビル〜、手伝いに来たよー。って、いつの間にか、人が増えてる！　やったね、シビル！　やっぱり皆、見てくれてるんだよ！」

ダイヤがゲルトさん達を見て大喜びしている。

「ああ。俺達は間違ってなかった」

ゲルトさんが俺を認めてくれたことを皮切りに、少しずつ俺を手伝ってくれる者が増えていった。

それから一週間が経ち、俺の軍師復帰を願いやってきた者は百四十人を超えていた。全体の七割以上である。

俺達の話題は専ら三日後にやってくるスタンピードのことだった。

「こちらはもう多数派だ。指揮権の返還は可能だと思うが俺達だけで戦うか？」

ゲルトさんが俺に尋ねる。

「いや、それだけだと厳しい。二百人全員の力がいる」

「だが、クライン達が従うだろうか？」

「良くも悪くも、あちらはクラインの意見に従うだけだろう。だから……クラインの意見を変えさせる！」

「それは良い意見だが……変えられるか？」

「俺にいい考えがある。やられっぱなしは趣味じゃなくてね」

俺はそう言って、クライン達のもとへ向かった。

クライン達は空き部屋で、トランプで賭けを楽しんでいた。横には酒瓶が転がっている。

「おい、ストレートかよ！　負けたぜ！」

取り巻きの一人が負けたのか、トランプを投げる。

「ん？　嘘つき軍師じゃねえか。最近群れてるらしいな。何をしに来た？」

「クライン、二人きりで話がしたい」

奥に居るクラインに声をかける。クラインは椅子の上で寝ていたのか、顔を上げる。

「地道なアピールのかいがあったようだね、シビル。何を聞かせてくれるのかな？」

クラインは立ち上がると、奥の部屋を指す。

「おい、こんな奴と話す必要あるのか？」

「興味があってね……行こうか」

取り巻きに言葉を返すと、クラインは奥の部屋に向かった。

「かけるといい。で、何をしに来たか、聞いていいかな？」

クラインはぼろ椅子に腰かけながら言う。

「分かっているだろう。俺を軍師として認めて欲しい」

「もうそちらに半分以上集まっているんだ。指揮権は君に返還されるだろ？」

「スタンピードはそちら陣営の協力も必要だ。力を貸してくれ」

「そんなどうでもいい話しかできないのなら、話は終わりかな？」

クラインはそう言って、立ち上がる。

やはり、穏便にはいかないか……。

「随分はぶりがいいようだな？」

俺の言葉を聞いたクラインは動きを止める。

「なんのことだい？」

「賭けが大好きのようだな。うちの砦の金を使い込むほどに」

クラインの顔から、初めて小さな汗が流れる。

「……言いがかりはやめてくれよ。帳簿もしっかり司令官に提出している」

「帳簿の改ざんをしているんだから、そうだろうな。裏も当然取っている。領収書と帳簿の金額が異なっている。あんた、町の賭場で随分負けてたらしいな」

俺の言葉を聞き、クラインは大きく溜息を吐く。

「うかつだったよ。確かに、僕を責めるならそこだね。だが、僕と君、皆はどちらを信じるかな？

僕は昔からここに居るんだぜ？」

「……そもそもこの砦が陥落したらどうするつもりなんだ？」

「もし砦が陥落しても俺は逃げ切る自信がある。僕のスキルは逃げに特化しているからね」

「自分が生き残れば、皆は死んでいいとでも言うつもりか！」

「それが弱肉強食というものじゃないか。ここは楽でいいよ。一年で九割が死ぬ。二年の僕が最古参だ。実力者もこないし、好き勝手できた。だが、今はどうだ？　死亡率は減り、必死で皆で訓練だ。

まるで軍だよ。自由こそが、この砦の唯一の取り柄だったのに」

そう言って、クラインは俺を睨みつける。

「そんな下らない理由で、俺から指揮権を剥奪したのか」

「無理して戦っても、人は死ぬ時は死ぬもんさ。証拠も今出さないということは、持ってないんだろう？」

そう言って、クラインは笑う。

「司令官にこのことを伝え一筆貰った上で、証拠と共に大切な友人に預けてある。もし、ここが陥落したらすぐに軍の施設に届くように手配済だ。これからずっと軍から逃げ続ける生活を送りたいか？」

「やってくれるな……！」

「なにも俺はあんたを断罪したい訳じゃない。帳簿もあんたしか付けることができなかったらしいしな。三日後のスタンピードの時、そちら陣営も俺の指揮に従って、戦って欲しい。スタンピードを耐え抜ければ、証拠も全て処分する。司令官からの許可も貰っている」

しばし考えるそぶりを見せた後に、クラインは口を開く。

「やられたね……。仕方ない、こちらも君の指揮に従って戦おう」

俺はガッツポーズを取る。

「おい、三日後のスタンピード、隊長の指揮に入って戦うことになったよ」

クラインは部屋を出ると、取り巻き達に告げる。

「どうしたんだよ、クライン！　あんなに嫌がってたじゃねえか！」

「まだ死にたくはないだろう？　死んだら、賭けもできない」

嫌そうだが、なんとか取り巻き達も納得したようだ。

これでまだ、戦える。

◇◇◇

シャロンは悩んでいた。

シビルの小さな積み重ねのお陰か、少しずつ兵士がシビルのもとに集まり始めているのも知っていた。

(兵士なんて、どうしようもないゴミの集まりだ！　今までだって、ずっとそうだった。皆、自分のことしか考えていなかった。民よりも、自分の欲を満たすことしか)

シャロンは過去を思い出し、顔を歪ませる。

(だが、シビルは違ったな……。あいつは強い訳ではないが……誰よりも仲間のために、民のために自分がどれだけ馬鹿にされても努力していた。まるで本当の騎士のように。それに比べて、私は今何をしているんだ？)

シャロンは自分に問いかける。シビルの行動は、確かにシャロンにも届いていたのだ。

シャロンは気づいていた。兵士が全員クズではないということに。悪い人間も、良い人間も居る。

だが、それを認めてしまうことが怖かった。

（一人で不貞腐《ふてくさ》れて、閉じこもって。私の憧れる騎士とは、こんなものだったのか？　違う！　真の騎士とは、見返りも求めず、ただ民のために動くものだ！　簡単な答えだった。なら、私のすることは簡単だ！）

シャロンは一直線にシビルの元へ向かう。

シビル達の集まる部屋の扉を開け、こう言った。

「シビル、私にも戦わせてくれ」

その声に迷いはなかった。

◇◇◇

今まで一度も戦ったことのないシャロンの突然の言葉に、皆が訝《いぶか》しむ。

「どういう風の吹き回しだ？」

だが、俺はそれを手で制する。

俺はシャロンの目を見て、すぐに気づいた。自分の行動は確かにシャロンに届いたのだと。

「いいんだ、皆。シャロン、騎士は確かに存在していただろう？」

「ああ。確かに、存在していた。すまない、今までの私は腐っていた。だが、もうこれ以上自分を嫌いになりたくない」

「戦場に出る以上、俺の指揮に従ってもらうことになるけど、大丈夫？」

「無論。騎士として、シビル、貴方の剣になろう」

シャロンはそう言って、恭《うやうや》しく頭を下げる。

他の兵士達は、シャロンの突然の心変わりに驚きを隠せない。

「おいおい、まるで別人だ」

「そもそも、シャロンは戦えるのか？　まともに戦っているの見たことねえぞ？」

「それは大丈夫。彼女は強いよ。俺が保証する」

「隊長がそう言うなら……」

皆も納得してくれたようだ。これで最後のピースが揃った。

襲撃前日、その夜はいつもより豪勢な食事を振舞い、皆明日に備えていた。食後は、主だった者を会議室に集め最終確認を行う。

司令官、クライン、ゲルトさん、シャロン、ダイヤなどといった面々だ。

「敵は南門、西門、東門の三方向から攻めてきます。敵の主力は南門。そこにオーガや、ハイオーガが居ます」

クラインが手を上げる。

「誰が、ハイオーガと戦うんだい？　B級のハイオーガと戦えるような戦力はうちにはないけど？」

「シャロンと他数名に当たらせる予定です。南門の指揮官はクライン、貴方に任せます。西門はゲルトさん、東門は司令官にお任せします」

「激戦区のトップが僕でいいのかい？　逃げるかもしれないよ？」

クラインが笑いながら、言う。

だが、俺があらかじめそこもメーティスに確認済みである。そもそも、逃げてもお尋ね者である。

「クライン、貴方は逃げませんよ。頼みました」

クラインはただ肩をすくめるポーズを取った。

「この戦は勝ち戦です。安心してください。必ず、勝てます」

俺はそう皆に断言する。皆、その言葉に安心した顔を見せた。

解散後、俺はメーティスに尋ねる。

『シャロンはハイオーガと戦うべき？』

『イエス』

これは分かる。この砦の最大戦力はシャロンだからだ。

『シャロンはハイオーガに勝てる？』

『ノー』

俺は負けるかもしれない戦いに、彼女を出さないといけないのか。俺は苦痛に顔を歪ませる。

だが、俺が彼女を死なせない。絶対に。そのために、俺は全力を尽くすことを誓った。

そして遂に、襲撃当日が訪れる。

兵士達は皆、どこか緊張した表情で広場に集まった。司令官が前に出て話しているのに、落ち着かないのか誰も話を聞いていない。

「それじゃあ、最後に隊長にも話してもらおうかね」

「俺!?」

司令官の突然のパスに素で驚きの声を上げる。

「ここを仕切っておるのは現在君じゃ。君の言葉を、皆に聞かせてやってくれ」

真剣な顔でそう告げる司令官に、俺は頷いた。

俺は皆の前に立つと大きく息を吸う。

「今日はいつも通り、完勝する！　最近は色々あった。だが、その結果俺達の結束は強くなったと信じている。敵はいつもより少しだけ多い。だが、俺には既に勝利は見えている。なので、いつも通り戦おう。俺達は強くなった！　本日、この砦は本当の意味で難攻不落の名を冠するに相応しい鉄壁の砦となる！　お前ら、武器を取れ！」

俺の檄を聞いた兵士達が武器を握り締め、その手を掲げる。

「「「うおおおおおおおおおおおおおおお！」」」

兵士達の雄たけびが砦中に響き渡る。砦の命運を決める戦いが始まる。

俺は東門へ向かうダイヤに声をかける。

「ダイヤ、東門は頼んだぞ」

「うん……僕に任せて。必ず、決めてみせる」

ダイヤは静かに、だが力強く言った。

敵は南門に四百、東門、西門には三百ずつ現れるようだ。

「東門はダイヤの負担が大きいと思うが……」

「シビルは南門の方に集中して。東門は僕が守るよ」

今までの怯えた様子は微塵も見られない。ダイヤも成長したのだろう。

「ああ。信じてるよ」

こうしてダイヤと別れて、俺は中央の高台に陣取る。ここからなら全てを見回せる。

兵士達は各自配置につき、魔物達の襲撃を待ち構えていた。襲撃の時刻は十時頃。あと十五分もなく、時は近い。

「そろそろだな……」

俺が呟くと、森から大きな雄たけびが聞こえた。そして次の瞬間、森が大きく揺れる。

それを見た兵士達の体が強張る。

「予定通りに動け！　用意しろ！」

「ヘイ！」

西門を指揮する兵士が大声で指示を出す。その言葉と同時に森から大量の魔物達が溢れ出す。魔物達はいつもよりまとまりが感じられる。ハイオーガのカリスマ性に引っ張られているのだろうか。

「グオオオオオオオオオオオオ！」

底冷えするような叫び声が先頭の魔物から発される。一目でその魔物があの群れの長であるハイオーガであることが分かった。それほど圧倒的な禍々しい雰囲気を纏っていた。

「あれか……」

俺は苦笑いしかできなかった。二度と会いたくないと思っていたグランクロコダイル級の魔物である。

鍛え上げられ膨張した赤い筋肉の鎧を身に纏う大鬼『ハイオーガ』。その頭部には魔力を感じさせる黒い角が聳《そび》え立っている。

その手には大きな鉄の棍棒が握られていた。周囲のオーガは統率の取れた兵士のような動きでハイオーガに付き従っている。

「あ……あれがハイオーガか……」

兵士が震えた声で呟く。

「皆、怯えているな」

隣に居たシャロンが兵士の士気を気にしていた。ハイオーガに怯え、力が出せなかったら勝負にならないからだ。

「大丈夫だ、シャロン。俺達はハイオーガ如きに怯え、震えて隠れるような臆病者じゃねえ！」

俺はそう言うと、壁の上から魔物達を見つめる。

「わざわざ来てくださった魔物達にプレゼントをくれてやれ！」

「「「応！」」」

俺の言葉と共に大量の矢の雨が魔物達に降り注ぐ。前方は大量の魔物で埋まっている。どこを射ても魔物に当たる状態である。

「開戦だ！」

魔物達はメーティスの予想通り三方向から攻める予定のようだ。

西門と東門には各三百体近くの魔物が攻め込んだ。ゴブリンや、オーク、ラックボア等様々な魔物が大挙している。

「なんて数だ、手に負えねえぞ！」

東門を守る兵士が叫びを上げる。

東門は六十人で守っている。皆、岩や矢を放ち、必死で応戦しているが敵の数が多すぎる。

ダイヤはただ、敵が完全に塁壁におびき寄せられるまで待っていた。

目の前まで魔物達が迫る恐怖。壁が破壊されたら、砦内に侵入されるだろう。だが、ダイヤは無言で耐えていた。

「シビル、東門は大丈夫なのか？　正直、他よりも少し手薄な気がするんだが……」

俺と同じく高台から見ているシャロンが心配そうに言う。

「東門は大丈夫だ。むしろ一番余裕があるとさえ見ている。ダイヤが居るからな。見ておけ。ダイヤは凄い奴だ。毎日、同じ魔法の修練をひたすら積んできた。見せてやれよ、ダイヤ！　お前の最強の魔法をよ！」

俺は大声で叫ぶ。それを聞いたダイヤは小さく笑った。

「司令官、動きます！」

ダイヤが叫ぶ。

「頼んだぞ」

ダイヤは両手を東門の土壁に手をあてる。

「変形！」

ダイヤの言葉と共に、壁の向こう側に巨大な大穴が空き、大量の魔物達が穴に落下していった。

事前に大穴を作り、その表面をダイヤが作成した硬い土で覆っていた。その硬い土を土変形で柔らかくして落下させたのだ。

「ガアアア！」

先ほどまで安定していた地面が突然崩れたことに驚きを隠せない魔物達。

だが、ダイヤは更にありったけの魔力を練り上げる。額には大粒の汗が流れている。

「汚くて申し訳ないね……」

ダイヤがそう呟くと、大穴の上に巨大な棘付きの天井が生み出される。土変形で、硬度が高められている特別製だ。その天井は支えもなく、無情にも魔物達に落下する。

魔物達を潰した鈍い音が戦場に響く。天井は僅かに動いているが殆どがその一撃で沈んだ。

「すげえ！」

「一撃だ！」

兵士達がその素晴らしい一撃に沸く。

東門の勝負は完全に決した。勿論、全ての魔物が落ちた訳ではない。だが、殆どを沈めた。

「確かにシビルの言う通り、凄い奴だな」

「ああ。そうだろう」

俺はそう言って、笑う。

「私はまだ出れないのか？」

シャロンが俺に尋ねる。南門の戦いは始まっているため、もう出たいのだろう。

「まだだ。まだハイオーガが出てきていない」

ハイオーガは未だに奥で様子を窺っているのだ。シャロンの消耗は避けたい。それほど、その戦いは大事だった。

「うわあああ！　壁が破壊されたぞ！」

西門側から悲鳴が上がる。

西門に目を向けると、確かに壁が破壊されている。破壊したのは、この間も戦ったサイクロプス。

巨大な棍棒の一撃に壁が耐えきれなかった。

シャロンが剣の柄に手をあてる。

「私が行くか？」

それはできない。もうすぐハイオーガが動く。だが、放置もできないのは確かだった。

「僕が行くよ」

ダイヤがいつの間にか、こちらに来ていたようだ。

「ダイヤ、先ほどの技で既に多くの魔力を消費しただろう？」

明らかに万全とは言えない様子だ。

「大丈夫。僕を信じて。僕は大魔法使いになれるんだろう？　こんなところで、死ぬ訳ないじゃないか」

そう言って、ダイヤは笑う。いつの間にか、頼りになる男になった。なら、これ以上の心配は無粋だろう。

「分かった、頼んだぞ。だから、死ぬなよ」

「勿論さ」

ダイヤはそう言って、西門に向かった。

西門側は混乱に包まれていた。

「絶対に中に入らせるな！」

ゲルトさんが叫ぶ。必死で穴付近の魔物を兵士達が倒す。ここを抜かれると他の場所にも迷惑がかかると分かっているからだ。

ダイヤは穴付近に駆け寄ると、地面に手をあて壁を生み出し穴を塞ぐ。

「安心して！　僕が何度でも、何度でも壁を生み出す。ここは絶対に突破させない！」

ダイヤが叫び、皆を鼓舞する。それを聞いた兵士達は少しだけ安心したようだった。

「僕は、シビルを支えないといけないからね。彼はもっと高みに登る。だから、僕はこんなところで躓く訳にはいかないんだ」

ダイヤはそう言うと、サイクロプスの一撃で罅の入った他の壁を一瞬で補修する。

「ふっ、格好いいじゃないか。サイクロプスは、俺がやる！」

ゲルトさんはバトルアックスを構え、サイクロプスに襲い掛かった。

「僕も援護します」

ダイヤとゲルトさんは共闘して、サイクロプスと戦うようだ。

『西門はもう大丈夫？』

『イエス』

もう大丈夫そうだな。だけど、まだメインが控えている。

「ハイオーガが動いたぞ！」

一番の激戦地となっている南門の兵士が叫んだ。

「待ちわびたよ」

「シャロン、無理はしないでくれ。ハイオーガは、B級の化物だ」

「死ぬつもりはない」

シャロンは高台を降りて、南門に向かう。

『西門、南門に援軍を送るべき？』

『イエス』

メーティスに各門の必要人数を確認する。

「東門から他二箇所に援軍を十五名ずつ出してくれ！」

「はい！」

俺は指示を出すと、南門側の様子を見て唇を噛んだ。既に先に行ったシャロンはハイオーガと交戦中のようだ。

「シャロン……」

目線の先には大剣を使い、ハイオーガと一対一の戦闘を繰り広げるシャロンの姿があった。シャロンとハイオーガの戦いのレベルの高さに他の誰も、援護ができない状況だった。

「シャロンの奴……こんなに強かったのか！」

「すげぇ……ハイオーガと互角に戦ってやがる」

周りの兵士は、シャロンの戦闘を初めて見て息を呑む。

その戦いを邪魔させないために多くの兵士が壁の外に降り、オーガ達と戦っていた。南門には九十人以上の兵士を動員していたが正直厳しいと言わざるを得ない。

C級魔物であるオーガを含め、南門には敵も精鋭を集めているようだ。

『俺も南門に行った方がいい？』

『イエス』

俺はこの戦いの行く末を決めるであろう南門に向かった。

シャロンの目は、ハイオーガだけを見つめている。シャロンとハイオーガは一対一で戦っているために周りは互角かと思っているが、現実はそうではない。

（速いし、強い。そして、奴は冷静だ。まだ本気を出していない。これがB級。来るっ！）

ハイオーガは恐るべき速度で距離を詰めると、棍棒を水平に振るう。シャロンはぎりぎりのところで躱すと、即座に大剣を振り下ろす。

大剣と棍棒が交わり、轟音が響く。

シャロンの一撃は、ハイオーガに受け止められていた。

シャロンは実力差を感じつつも、自らを鼓舞する。

（負けるな……！　私はここで絶対に負けてはならない！　私は、酷い環境に一度、心を折られてしまった。だがシビルはどんな状況でも、光を失わなかった。シビルが、その行動をもって、騎士は誇るに値する者だと証明してくれた。ならば、私もそれに応えねばならん！　もう私の心が折れることは決してない！　騎士として、最後まで誇り高く剣を振るう！）

再び激しい攻防が始まる。だが、どれも有効打とは程遠い。少しずつ、シャロンの体力が削られていく。

（勝てないかもしれん……だが、もう私が、退くことは決してない！　暴れてやる、この命、燃ゆるまで）

シャロンは距離を詰めると、渾身の突きを放つ。その突きはハイオーガの左腕を僅かに斬り裂いた。鮮血が舞うが、それを見てハイオーガは邪悪な笑みを浮かべる。

まるで敵に値することに喜ぶように。

「舐めるな！」

シャロンが大剣を振るおうとすると、ハイオーガの目の色が変わる。その鋭い眼光と共に、凄まじい速度の棍棒が横振りでシャロンに襲い掛かる。

シャロンはとっさに大剣でその一撃を防ぐも、その威力を殺すことはできず、砦の壁に叩き付けられる。

「ガハッ！」

シャロンはすぐさま立ち上がり、大剣を構える。顔色から、深手を負っていることが分かる。

「これはやはりまずいですね……援護したいですが、周りが邪魔をしてそれも叶わない」

クラインも自ら指揮を執りながら、周りのオーガと戦っていた。敵の数が多すぎるために、援護も簡単ではなかった。

シビルもシャロンの戦いに邪魔が入らないように、弓で援護はしていた。

「心配するな……こんな化物に負けるつもりはない……」

シャロンは強がって笑うも、心の中では全く別のことを考えていた。

(初めて、この人にならら仕えられる、と思ったんだが……うまくはいかないな。だが、そんな人の元で戦って死ぬのなら、本望か)

シャロンは自分の命を捨ててでも、ハイオーガを討つことを覚悟した。

俺はシャロンの覚悟の決まった顔を見て、察する。

『シャロンは相打ちを狙っている？』

『イエス』

俺は思わず叫ぶ。

「駄目だ、シャロン！　そんなの、絶対に！」

俺が……シャロンを助けないと！

俺はランドールを握ると、ハイオーガ目掛けて矢を放つ。だが、その矢はあっさりとその手で弾かれてしまった。

「ち、畜生……！」

俺の顔に動揺が出そうになる。それを見た兵士達の顔に不安が宿る。

まずい。俺まで落ち着きを失ったら、ここは総崩れだ。

俺はこの時、どんな状態でも平静を保つことの難しさを痛感した。

仲間が傷ついていても、感情的になることもできねえのかよ！

『この戦いに、勝てる？』

『イエス』

メーティスは勝てると言っている。だが、俺にはそうは思えなかった。目の前で必死に戦う少女すら救えないのだ。

俺は再び矢を放つも、ハイオーガにその矢を掴まれてしまった。

「俺は何もできないのかよ……！　何が軍師だ！　大事な時に何もできなくて何が隊長だ！」

俺は兵士達の目も気にせずに叫ぶ。彼女を、皆を救いたかった。最初は嘘だった天才軍師という肩書を本当にして、皆を助けたかった。

「俺が……俺の手で救うんだ！　力が欲しい！　仲間を、大切な人を救う力を！」

俺が叫ぶと同時に、ランドールの悠弓が赤色に光り輝いた。その眩しい光が俺の右腕にも宿り奇妙な紋章が手の甲に刻まれる。

手から、弓から凄まじい魔力が溢れ出す。

「す、凄い魔力だ……！　隊長は魔法使いではないはずだが……」

クラインが呟く。

本能的に感じた。ランドールが本当の意味で俺を認めてくれたのだと。

『よう、相棒！　お前の言葉、確かに俺に届いたぜ！　そういう熱い男を俺は待ってたのよ！』

脳内に謎の言葉が響き渡る。メ、メーティス⁉　それとも……！

『お前は？』

『もう分かってんだろう？　ランドールさ！　俺の声は俺が真の意味で認めた者にしか届かねえ！

だが、喋ってる時間はねえ。俺達の強さ、見せてやろうぜ。調整は全て俺がしてやる。お前はありったけの魔力を込めるだけでいい』

「大事な人を……守りたいんだ！　力を貸してくれ、ランドール！」

ランドールの言葉を聞き、俺がありったけの魔力の弓に流し込む。すると魔力で生まれた矢がいつの間にかその手にあった。矢を番えたが、外す気がしない。

「シャロン、俺を信じて突っ込め！」

俺の言葉を聞いたシャロンが笑うと、無言で走りだす。

シャロンがハイオーガに襲い掛かると同時に俺は矢を放った。俺の目では追うことすらできない閃光の如き速度で、矢はハイオーガの棍棒を持つ右腕を消し飛ばした。

「グアアアアア！」

突如、右腕を消し飛ばされたハイオーガが悲鳴を上げる。

シャロンはその隙を見逃さない。いっきに距離を詰めると一閃し、武器を失ったハイオーガの首を一瞬で斬り飛ばした。

「本当に……格好良い女だよ」

ハイオーガの血に塗れつつも、堂々と笑い佇む彼女にはまるで絵画のような美しさがあった。

シャロンに見惚れる自分に喝を入れ、大声で叫ぶ。

「シャロンがハイオーガを討ち取った！　このままいっきに攻め立てろ！」

「「「うおおおおおおおおおおおおおおお！」」」

その吉報を聞いた兵士達から、喜びの声が上がる。この勝報は皆に希望と力を与えた。ハイオーガというトップを失った魔物達は烏合の衆に成り下がる。先ほどまでの殺気は鳴りを潜め、徐々に逃亡する魔物すら現れる。

今日は、わが砦が本当の意味で難攻不落の砦となった記念日といえるだろう。

魔物達が散り散りに森に逃げ去った後、皆は全身血塗れになりつつも、その顔には勝利の喜びを溢れさせていた。

「シビル、代表として締めてよ。皆待ってる」

隣に居たダイヤが俺に言う。皆の様子を窺うと、こちらを皆見ていた。俺は小さく咳ばらいをすると、砦中央の高台に上る。

「皆、無傷とはいかなかっただろう。どこの持ち場も死闘だったと思う。俺を信じて戦ってくれてありがとう！　この戦い……俺達の勝利だ！」

俺は右手を上げて叫ぶ。

「「「うおおおおおおおおおおお！」」」

皆も喜びから笑顔で叫んだ。

「皆、隊長に敬礼！」

司令官の爺さんが叫び、右手を上げ敬礼のポーズを取る。それを聞いた兵士達も皆俺に敬礼のポーズを取る。

「「「敬礼！」」」

皆の行動に俺は不覚にもうるっときてしまった。

『すっかり信頼を勝ち取ったみてえだな。俺の相棒ならそれくらいしてもらわないと困るけどよ』

脳内にランドールの声が響き渡る。

『誰目線だ』

俺は小さく笑った。

◇◇◇

シビルを含めた兵士達、誰一人気づいていなかったが、森の中で砦の戦闘を鋭い目で見ている男が居た。

その立ち振る舞いは明らかに一般人ではない。無駄のない洗練された軍人の動きである。

「おいおい、マジかよ……。あんな寄せ集めでスタンピードを収めちまったよ。帝国にここまで優秀な軍師が居るとは。未来を見通していたかのような配置。どれだけ深い軍略が練られていたんだ。こんな傑物がなぜゴミ溜めと言われる砦に？　誤算だったな。まさか失敗するとは。まあいいや。シビルね、覚えたぜ。あいつはきっと脅威になる」

「それにしても、ゲルニカの角笛を使ってあんな砦一つ落とせなかったのは責任問題になるかもしれねえなあ。あー、だる」

男は頭を掻きながらも、祖国に戻るため踵を返した。こうしてシビルの情報が国を超えることになる。

シビルの故郷であるアルテミア王国ロックウッド領では至るところで火の手が上がっていた。ロックウッド家の屋敷付近では大量の農民の死体と、少しのロックウッド家の兵士の死体が転がっている。騒ぎはもはや完全に反乱といえる規模にまでふくらんでいた。子供の泣き声が町に悲しく響き渡っている。

ロックウッド領の農民達が遂に武器を取り、館を襲った。だが、悲しくも脳筋ロックウッド家の兵士は豊富な財源により優れた武器を持ち、そして何よりそこらの兵士よりも強かったのだ。農民達は返り討ちにあっていた。

館で働いているメイドはその悲惨な光景に言葉を失っていた。

「あの人達は……ロックウッド領の農民達ですよね？　こ、ここまでしなくても……」

それを聞いた家宰のセバスが頷く。

「私もそう思います。ここまで酷くなってしまうなんて……勝てば勝つほど、農民達が減っていく。これでは勝ちなんてとてもじゃないが言えません。この先にあるのは、人のいない荒地だけです。やはり私は間違った。この首をかけてでも、シビル様の追放を止めるべきだったのだ」

セバスはハイルが苛立った表情で帰ってきた時、全てを察した。シビルがこのロックウッド領を見限ったことを悟ったのだ。

「シビルさんに帰ってきてもらえれば変わるんでしょうか？」

「いや、もう遅いでしょう……。それに今さらシビル様に迷惑はかけられません」

セバスは諦めの表情でそう呟いた。

屋敷の執務室では、シビルの父レナードと、弟ハイルが話し合っている。

「まさか私があの臆病者を探している間にここまで反乱が大きくなっているとは思いませんでしたよ」

ハイルは忌々しげに言うと、剣についた血を布で拭う。

「儂もここまで酷くなるとは思っておらんかったわ」

「馬鹿共が……！　誰のお陰で穏やかな生活を送れると思っているんだ！　根絶やしにしますか？」

「ハイル、奴等を殺すのは構わんが、殺しすぎると税が減る。奴等はもう放っておけ。先導していた若造の首は既に獲った」

「ですが、それでは舐められたままです！」

「それに、北のマリガン子爵から応援を頼まれている。相手は帝国だ。援軍を出せば結構な金になる。

分かるな？」

それを聞いたハイルはにやりと笑う。

「戦は儲かります。マリガン、帝国、両方から大金をせしめましょう」

「よく言った。我がロックウッド家の武威《ぶい》を示しに行くぞ！　農民の鎮圧は大方終了した。五百ほど、鎮圧のために残しておけば十分だろう」

二人は戦意をむき出しにする。だが、彼等はこの鎮圧により更に憎しみが根深くなったことに気づいていなかった。

こうしてロックウッド家の戦争参入が決まった。

◇◇◇

スタンピードが終わった後、すぐガルーラン砦の兵士達は皆疲れたのか泥のように眠った。それは俺も勿論例外ではない。

翌日。太陽が顔を出す頃、俺は目を覚ます。

疲れからかまだ、全身が重い。太陽を浴びるために外に出る。そこには鍛錬を行うシャロンの姿があった。近くにはのんびりと塁壁の上に座るダイヤも見える。

「おはよう、シャロン」

俺の言葉を聞いたシャロンが動きを止める。

「おはよう、シビル。会いたかったんだ、丁度良かった」

ん？　シャロンが会いたいなんて、珍しいな。というより初めてじゃないだろうか。

シャロンは少し緊張したような顔をして咳ばらいをする。

「その、なんだ。今までの無礼を謝罪する。シビル、貴方は信用に足る人物だった。今後は貴方が道を違えない限り、貴方の剣となりその道を切り開くことを誓おう」

シャロンはそう言って、俺に跪く。

それはまるで絵本の中の騎士の誓いのようだった。

シャロンは真剣に言っているのだろう。なら、俺の答えは一つだろう。

「頼んだよ、シャロン。俺が道を違えた時は、君が引き戻してくれ」

「勿論だ」

シャロンは顔を上げ、笑う。普段が怒った顔なだけに、笑顔がより一層可愛く見えた。

それを聞いていたダイヤが、壁から降りてこちらに向かってきた。

「えー、僕もシビルについていくよ！　だいたい、僕は最初からシビルを手伝ってたんだから。シャロンは二番手！」

「なっ!?　そういうのは順番じゃないだろう！　貢献度だ、貢献度」

二人が喧嘩を始める。何を揉めているんだ、こいつらは。俺は一兵士に過ぎないのに。

だが、そんな二人が微笑ましかった。

俺はようやく落ち着いた二人を連れて、食堂に向かう。

食堂に着くも、人がいつもより少ない。重傷を負った者も居るため仕方ないだろう。

死人は二十人ほどだ。スタンピードをその程度の犠牲で退けられたのは素晴らしい成果と言える。

だが、皆知っている兵士達だ。

時に馬鹿を言い、時に笑いあった者達である。たった二十人とは口が裂けても言えなかった。

「勝ったんだ、そんな悲しそうな顔をするな」

シャロンから頭に手刀を入れられる。痛てぇ。

「すまん。少しだけ感傷的になっちまったよ」

「軍師が、いちいち死んだ兵で悲しんでいては指揮なんてできんぞ。だが……冷徹なだけな軍師より、死を悲しんでくれる軍師に、私は指揮をしてもらいたいがな」

シャロンは顔を背けながらそう言った。

励ましてくれてるんだろう。素直じゃないな。

「ありがとうな、シャロン」

「感謝なんて別にいらん。これほどの戦闘、上層部に報告が必要だろう。スタンピードをこの程度の被害で治めたんだ。勲章ものだぞ」

「素直に認めてくれたらな」

俺はそう告げる。

ゴミ溜めと言われている俺達の快進撃を素直に信じてくれるかは少し疑問だ。大量の死体はあるから大丈夫だとは思うけど。

近いうちに町の駐屯地に行き報告をしようと考えていた。そんな時、砦に急報が届く。隣町バラックから軍の急使がやってきた。

急使である兵士は馬を走らせ必死でやってきたことが一目で分かる。その兵士は周囲の様子や砦の兵士達が生きていることに驚いているようだ。

「ここもスタンピードがあった……のか？　それにしては生き残りが多いな」

その言葉を聞いて疑問が浮かぶ。なぜスタンピードがあったことを知っている？

「スタンピードはあった。だが、俺達で退けた。証拠もある。後ろにはハイオーガの死体が転がっているぞ」

「……絶対に既に落ちているだろうと思っていたガルーラン砦がスタンピードを退けるとは。報告せねばなるまい」

「こちらも伺いたいことがある。なぜスタンピードがあったことを知っている？」

それを聞いた兵士が少しだけ驚くも、すぐに納得した顔に変わる。

「そうか……知らないのか。スタンピードはここだけで起きた訳ではない。ハルカ共和国に隣接した三つの砦が同時に襲われた。一つの砦は陥落し魔物が町にまで押し寄せようとしている。おそらくハルカ共和国の仕業だろう。同時にあちらも軍を動かし始めたからな」

それを聞いて俺は違和感の正体に気づく。突然起きた統率された魔物達の襲撃。これは誰かが糸を引いていたのだ。

『今回のスタンピードはハルカ共和国の仕業？』

『イエス』

当たってるじゃねえか。

「どうやらそのようですね」

俺の返事に兵士は首を傾げるも流すことにしたようだ。

「本当に勘弁して欲しいよ。ただでさえ西側ではメルカッツがアルテミア王国の軍に攻められてるっていうのに。これで二ヶ国を相手にしないといけない」

兵士は何げないぼやきのつもりだったんだろう。だが、俺には違う。メルカッツはイヴが赴任した場所だからだ。

嫌な予感がした。俺は兵士の肩を掴み、尋ねる。

「おい！　どういうことだ！　メルカッツはアルテミアと戦争中なのか！」

「そうだよ。いくらローデルでも二ヶ国同時に相手して、しかも挟まれちゃ無事ではすまん」

兵士は俺に告げる。

だが、俺はそんな言葉頭に入ってこなかった。イヴが危ないんじゃ……。

『イヴは現在無事？』

『イエス』

良かった。まだ無事のようだ。だが、戦争中なんだ、どの程度危ないんだ？

『イヴは戦争中これからも無事？』

『ノー』

おいおい、冗談だろう。背中が冷たくなる。嫌な予感だ。

『戦争中、このままじゃ殺されてしまう？』

『イエス』

俺達は軍人だ。常に命を落とす危険性はある。だけど、それがイヴを見捨てる理由にはならない。

俺はなんとしてもメルカッツに向かうことを決めた。

《了》

あとがき

Post Script

書店に並べられた多くの書籍の中から、本作を手に取って下さった皆様におかれましては、まず何よりも感謝を申し上げたく存じます。『不敗の雑魚将軍』をご購読下さりありがとうございます。作者の藤原みけと申します。

本作はウェブ上で公開している所を、幸運にもお声掛けを頂き一二三書房様から書籍化して頂く運びとなりました。ウェブ公開時の作品を修正し、大幅に改稿したものがこの本になっております。後半は随分ストーリーが変わっているのですが、楽しんでもらえたら嬉しいです。

本作の始まりは些細なことで、質問の答えが「イエス」か「ノー」かで何でも分かるのならばどこまで成り上がれるのだろうかという疑問からでした。

作者が現実世界でこの力を得たのならそれで金儲けをする気がします。読者様でしたらどのようにこの力を使いますか？

ファンタジー世界よりも現代の方がこの力があれば成り上がれる気がしますね。世の中生きていると重大な決断をしないといけないことはあると思いますが、そんな時にこの力が欲しいです。

私事としては、某イカのゲームを楽しんでいます。

インクを塗り塗りするゲームですね。最近ＲＰＧを最後まで続けられない身からすると、やりたいときに五分くらいで楽しめるのはありがたい。積みゲーばかり増えていくのはもはや諦めています。

fuhai no ZAKO shogun

いつかするだろう、と買ってしまうんです。

さて、ここからはお世話になった方に謝辞を贈らせて下さい。

右も左も分からない私を助けて下さった編集のK様。作者の想像よりもはるかに可愛い、格好いいイラストを仕上げてくれた猫鍋蒼様。このお二方には特別な感謝を贈らせて頂きたいと思います。

この作品は複数ヒロインが登場しますが美麗な表紙を見た瞬間、イヴが正ヒロインの貫禄を見せつけてきたな、と感じました。とはいえ、結末がどうなるかは作者にも分かりません。他ヒロインが次巻以降に、追い上げてくるかもしれません。

他にも編集部、校閲や営業の皆様、関わっていただいた全ての方々にお礼を申し上げます。

この物語がこうして書籍という一つの形になったのは、多くの方の尽力あってのことだと思います。

今後も末永くお付き合い頂けるよう、精一杯努力いたします。

最後に繰り返しになりますが、本作を手に取って下さった皆様、本当にありがとうございます。

また次巻でお会いできることを楽しみにしております。

藤原みけ

Written by Atoha アトハ
Illustration 片倉響
俺だけ使える古代魔法
基礎すら使えないと追放された俺の魔法は、
実は1万年前に失われた伝説魔法でした
規格外の最強魔法で
無双する!!
禁忌とされた
魔法体系の
失われし知識《ミッシングリンク》
＝古代魔法
1巻発売中！
©Atoha

神の目覚めのギャラルホルン
～外れスキル《目覚まし》は、封印解除の能力でした～
真安 Mayasu Hajime
Illustration 四季童子
外れスキルが、
新たな神話《サガ》を呼び覚ます！
1～2巻発売中！
Gjallarhorn awakening the Gods
©Hajime Mayasu

転生貴族の異世界冒険録
～カインのやりすぎギルド日記～
原作：夜州
漫画：香本セトラ
キャラクター原案：藻
レベル１の最強賢者
原作：木塚麻弥
漫画：かん奈
キャラクター原案：水季
我輩は猫魔導師である
原作：猫神信仰研究会
漫画：三國大和
キャラクター原案：ハム

捨てられ騎士の逆転記！
原作：和田 真尚
漫画：絢瀬あとり
キャラクター原案：オウカ
身体を奪われたわたしと、
魔導師のパパ
原作：池中織奈
漫画：みやのより
キャラクター原案：まろ
バートレット英雄譚
原作：上谷岩清
漫画：三國大和
キャラクター原案：桧野ひなこ
コミックポルカ
COMICPOLCA
話題のコミカライズ作品を続々掲載中！
毎週金曜更新
公式サイト
https://www.123hon.com/polca/
Twitter
https://twitter.com/comic_polca
コミックポルカ
検索

唯一無二の最強テイマー
～国の全てのギルドで門前払いされたから、他国に行ってスローライフします～
原作：赤金武蔵　漫画：田村紘一
キャラクター原案：LLLthika
異世界還りのおっさんは終末世界で無双する
原作：羽々音色　漫画：ダンタガワ
処刑された聖女は死霊となって舞い戻る
原作：緒二葉　漫画：蚊
キャラクター原案：みなせなぎ

雷帝と呼ばれた最強冒険者、
魔術学院に入学して
一切の遠慮なく無双する
原作：五月蒼　漫画：こばしがわ
キャラクター原案：マニャ子
モブ高生の俺でも
冒険者になれば
リア充になれますか？
原作：百均　漫画：さぎやまれん
キャラクター原案：hai
魔物を狩るなと言われた
最強ハンター、
料理ギルドに転職する
原作：延野正行　漫画：奥村浅葱
キャラクター原案：だぶ竜
COMIC NOVA ノヴァ
話題の作品
続々連載開始!!
https://www.123hon.com/nova/

不敗の雑魚将軍 1
～ハズレスキルだと実家を追放されましたが、「神解」スキルを使って帝国で成り上がります。気づけば帝国最強の大将軍として語られてました～

発　行
2023年7月14日　初版発行

著　者
藤原みけ

発行人
山崎　篤

発行・発売
株式会社一二三書房
〒101-0003　東京都千代田区一ツ橋 2-4-3 光文恒産ビル
03-3265-1881

編集協力
株式会社パルプライド

印　刷
中央精版印刷株式会社

作品の感想、ファンレターをお待ちしております。
〒101-0003　東京都千代田区一ツ橋 2-4-3 光文恒産ビル
株式会社一二三書房
藤原みけ 先生／猫鍋蒼 先生

Printed in Japan, ISBN 978-4-89199-954-4 C0093
※本書は小説投稿サイト「小説家になろう」（https://syosetu.com/）に
掲載された作品を加筆修正し書籍化したものです。